JN062370
婚約破棄が目標です！
落ちぶれ令嬢ですがモフモフを愛でたいのでほっといてください
fairy kiss

この作品はフィクションです。
実際の人物・団体・事件などに一切関係ありません。

婚約破棄が目標です！

落ちぶれ令嬢ですがモフモフを愛でたいのでほっといてください

重々しい扉を前にして、深く息を吸い込んだ。

――今日はなにを言われるのか。どうせ、いい話のはずがないんだ。

だが、いつまでもここで立ちすくんでもいられない。

ため息をつきながらも覚悟を決め、扉をノックする。

しばらくすると扉の向こう側からくぐもった声で、入室の許可が出た。

「お呼びでしょうか、叔父さま」

書斎に入ると、私を呼び出した張本人の叔父が椅子にふんぞり返っている。

その横には叔母も仁王立ちしている。

よりによってダブルか……。

叔父の特徴はギョロッとした大きな目と鶏(とり)ガラのように細い体。加えてここ最近では加齢による頭頂部の薄毛に悩み、毎日朝晩と日に二回、抜け毛のチェックをしていることを私は知っている。

叔母は叔父の倍ほど体格がよく、でっぷりと肥えている。顎はタプタプで、皺(しわ)とシミを隠すため厚化粧に身を包んでいる。

二人揃(そろ)ってわざわざこうやって呼びつけるとは、私をこき使う用事か、苦情だろう。

あれか。人手が足りないから使用人に交じって庭の草を抜いてこいとか雑用？　それとも猫のドロシーがカーテンを破いたとか、どこかの部屋に入り込んで毛を落としただの、その類か？

どちらにせよ、楽しい話ではないはずだ。まあ、小言ぐらいなら、いつものように『はい、はい』言って、聞き流せばいい。この二人は理由をつけて私を怒りたいだけだろうから。

叔父が私を顎でしゃくった。

「アステル、お前に縁談が来ている」

「はい……？」

だが、叔父の話は私の予想の斜め上をいった。

私に縁談……？　聞き間違えじゃないかしら。

信じられなくて目をパチパチと瞬かせた。

あまりにも私が呆けた顔をしていたのだろう。叔父はコホンと咳払いした。その音で我に返る。

「アステル、お前ももうじき十八歳になる。縁談の一つでも来る年齢だろう」

「で、ですが……!!」

誰だ、私に求婚してくるもの好きなど。この世にいるのか。

舞踏会などの華やかな場に出席するのは、従妹のレティがいい顔をしなかったせいもあり、屋敷に引きこもっていることが多かった。だからこそ、社交の場で私を見初めたとか、そんな話があるわけがない。

もとから私は人前に出ることがあまり得意ではない。華やかな場は気疲れするので、そこに顔を出すぐらいなら、部屋で猫のドロシーとまったりしている方が好き。

そんな私に良縁などあるわけがない！　胸を張って断言できる。

「……お相手は誰ですか？」

眉間に皺寄せて叔父を見つめる。この叔父が話を持ってくる相手なんて、正直ろくなもんじゃない。期待なんてするだけ無駄。

「それはお前もよく知っている相手だ」

もったいぶる叔父にイライラする。早く教えて欲しい。私の眉間の皺がさらに深く刻まれたことに気づいた叔父がニヤリと笑う。

「セドリック・バルトンだ」

は!? 嘘でしょう、そんなわけないわ!!

「絶対に嫌です!! お断りしてください!!」

叔父の口から聞かされ、大声で叫んだ。拒否一択。これしかない。

「アステル!!」

だが叔父は厳しい声を出す。その剣幕に一瞬驚いてしまうが、ここで引いてたまるか。

「両親のいないお前をもらってくれると言う、心の広い申し出をなぜわからない？ これ以上の縁談はないぞ」

セドリック・バルトンは私と同い年で、幼なじみにあたる。スラッとした長身、太陽に当たると光り輝く金の髪が素敵だと一部の令嬢には人気があると耳にしたことがある。

だが性格は俺様気質で私に対していつも偉そう。自分が大好きで、自己愛が強すぎる。

彼とは幼い頃からの付き合いだ。彼が昔、丸々と太っていた時期だって知っている。それが年頃になってぐんぐん身長が伸びると同時に、態度もでかくなった。痩せたことで周囲の反応が変わり、自分に自信がついたのだろう。その結果、常に鏡を持ち歩くナルシスト野郎となった。

「とにかく、絶対嫌です。お断りしてください!!　なぜセドリックと――」

「アステル!!」

グダグダと文句を言おうとしたら叔父がいらだった声を上げ、遮ってきた。

「うちに借金があるのを知っているだろう?　それをバルトン家が肩代わりしてくれるというのに、なにが不満だ!!」

あっ、これか!!　ピンときた。私だってバカじゃない。

私を必死に婚約させようとしているのは、ようはお金のためなのだ。

「借金なら、バルトン家に頼らずに返せばいいじゃないですか!!」

そうだ、節約生活に目覚めるなら今だ。借金があるのを自覚しているのだから、今までの暮らしぶりを見直せばいい話だ。改善すべき点は多いはず。

「両親亡き後のお前を引き取ってやったのに、お前は恩知らずな娘だ!!」

叔父も感情的になり、握り拳を机に強く叩(たた)きつけた。

「そうよ、アステル!!　なんて薄情な子なんだい!!」

叔母も口を挟み、ギャーギャーとわめきたてた。

「お前を養うのに、どれだけ金がかかったと思っている!!　それを結婚で清算できるのだ。最後の恩返しだと思え!!」

私の養育費だと叔父は言うが、借金は主に叔父夫婦とその娘、レティの浪費だ。彼らは最新の物を好み、装飾品なども身の丈以上の物を後先考えずに購入する。その結果、借金を重ねていた。

ここまで必死になるということは、いよいよ、借金で首が回らなくなったのかしら——。

「大変な状況なのに、お前ときたら道楽で猫を飼い、いい気なものだ。それも最近ではやたらと反抗的になって——」

叔父は大げさに深いため息をつく。

ドロシーは亡きお母さまが可愛がっていた猫。言わば、形見だ。毎シーズン何着も購入するレティのドレスと比べたら、猫一匹、一生養ってもお釣りがくるぐらいだろうに。

叔父は私が最近反抗的だと言うが、それは当然だ。なぜなら、私はアステルであっても以前のアステルとは違うのだから——。

「婚約するなら世間体的にも、年上であるアステルの方が先だろう」

叔父はなんとか私を言いくるめようと必死だ。

「うちに借金があると知られれば、今後のレティの婚約にも支障をきたすかもしれんし」

「アステル、よく考えなさい。両親のいないお前にとってありがたい良縁じゃないか」

叔父と叔母は二人でタッグを組み、私を落としにかかる。

私の婚約で借金をチャラにして、レティにはさらなる玉の輿を狙っていこうという考え。年齢の順序うんぬんより、まさにこっちが本音だろう。

「嫌です」

いっこうに首を縦に振らない私に叔父は痺れを切らす。

「とにかくバルトン家には返事をしておくからな!!」

押し切ろうとする叔父と、その横でにらんでいる叔母にひるむものですか。

「待ってください‼」

ああ、金、金、うるさい‼　そんなにお金が必要なら、やってやろうじゃないか。

「だったら私がその借金払います‼　そして出ていきます‼」

胸を叩いて啖呵を切る。

本来なら叔父たちの浪費で作った借金を私が返す必要はない。だが、結婚させられるのだけは嫌だ。私が借金を返す代わりに、交換条件として私を自由にしてくれ。

そう、バルトン家に頼らずに借金を清算する。それしかない。

「お前が？」

ハッと鼻で笑う叔父は、叔母と一緒になって私をバカにしているのだろう。

「そうです、それで文句はないでしょう」

セドリックと結婚なんて冗談じゃない。そもそも彼はなぜ私と婚約しようと思ったのか、謎すぎる。質の悪い冗談か。

「やってみるがいい。まあ、どうせ無理だと思うがな」

せせら笑う叔父を前にし、私は燃えていた。

自立しよう。

このまま叔父夫婦のもとにいてはダメになる。

自分らしくいられる場所を探そう。セドリックとの結婚なんて、もってのほか！

周囲の様子をうかがい、作戦を練ろう。

私は自由への切符を手に入れる。この家を出て、ドロシーと暮らす。

そのためには、まずはお金が必要だ。

私の知識を生かそう。

そう、私は転生前の知識があるのだから――。


売り言葉に買い言葉でケンカをし、叔父の部屋から退出する。

去り際に、叔父は『ああ、いつまでも待ってやれないから、期限は三か月後な』とか言ってきた。

三か月でどうやって大金を作ると言うのだ。自分たちがどれだけ借金を重ねたと思っている。

無理難題すぎるだろう。

「あんの腹黒鶏ガラ薄毛め‼」

思わず口に出してしまい、ハッと我に返り、周囲をキョロキョロと見回した。

廊下はシーンと静まり返っている。

良かった、誰にも聞こえていない。安堵して胸を撫で下ろす。

貴族の令嬢にあるまじき言葉遣いだもの。周囲に聞かれないよう、気をつけなくては――。

私は前世の記憶がある。それもつい先日、思い出したばかりだ。

きっかけは浴室のタイルに足を滑らせ、スッ転んで頭を打ったことだ。

その時、不思議な記憶が蘇(よみがえ)ってきた。

私は動物看護師とトリマーの資格を持ち、動物関係の仕事についていた。

大好きな動物に囲まれて、日々充実していた。そしてある日、通勤途中の事故に巻き込まれ、人生が終了――。

そこまで思い出したあと、目を開いた。

最初は前世の記憶と今世がごちゃ混ぜになり、混乱した。

えっ、貴族令嬢？　誰が？　私が⁉

そして徐々に冷静さを取り戻し、周囲の環境を改めて見てみると、まあびっくり。

相次いで両親が亡くなったあと、叔父一家が幼い私の面倒を見るという名目で屋敷に押しかけそのまま居座り、好き勝手なことをして、グレイン家の財産を食いつぶしている。おまけに借金までしているというのだから、手に負えない。

優しいと思って安心したのも最初だけで、徐々に本性を現し始めた叔父夫婦。

そんな彼らに子供だったアステルが文句を言えるわけもなく、言いなりだった。

それからは彼らの機嫌を損ねないよう、大人しく過ごしていた。

でもね、今は違うの‼

私は前世の記憶を思い出した。

大人しく叔父夫婦にいいように扱われているだけでは終わらない。なんせ、前世ではバリバリに仕事をしていた。動物にとって良くないことをしていると思ったら、強面(こわもて)な飼い主だろうが、言いたいことははっきり口にしていたし。

今までのアステルとしての人生をこれからでも取り戻すわ。

自分が自分らしくいられるステージに立つの。ここがその舞台じゃないのなら、みずから道を切り開いてやるのよ。

「よし、やってやろうじゃないの‼」

自分自身にカツを入れ、前を向いた。


「お嬢さま、旦那様のお話は終わりましたか？」

部屋に戻るとユリアがベッドメイキングをしていた手を休め、近づいてくる。彼女は私専属の侍女だ。侍女といっても年齢も近いので友人のような存在だ。

この屋敷でユリアは私にとって、心を許せる数少ない人物だった。

「ええ、終わったわ」

「その顔を見ると、あまり良い話ではなかったのでしょうね」

私の不貞腐(ふてくさ)れた顔を見たユリアは察したようだ。

「それがね、私に婚約しろって‼　しかも相手はセドリック・バルトン‼」

「まあ‼」

ユリアも驚いて口を手で覆った。

「それでお嬢さまはなんて答えたのですか？」

「え、絶対嫌だって啖呵を切ったけど？」

そこから叔父との一連のやり取りをユリアに話した。愚痴り終えると、ソファにドサッと体を投げだす。

ああ、でもゆっくりしている暇はない。早くお金を稼ぐ方法を考えないと。私にできることを探さなければ。あれだけの啖呵を切ったのだから、引くに引けない。

なによりも叔父の言いなりになって、婚約なんてしたくない。

その時、頬にザラリとした感触があった。パチッと目を開けると側にドロシーがいて、頬をペロペロと舐めていた。

「ドロシー!!　なんて可愛いの!!」

両手を伸ばし、モフモフの体をギュッと抱きしめる。ドロシーは真っ白で毛並みが長い、美しい猫だ。

「ああ、柔らかい。いい匂い」

ドロシーの額はお日様の香りがする。ドロシーもゴロゴロと喉を鳴らし、私に体をこすりつけてきた。

「落ち込んでいる私を慰めてくれるのね。ああ、なんて優しい。お前はこの国、いいえ、世界で一番優しくて賢い猫よ――!!」

ドロシーをギュッと抱きしめ、頬ずりをする。

ユリアはそんな私の様子に苦笑する。

叔父に啖呵を切ったが、お金を作るにはどうしよう。私ができることはなんだろう。カジノで一発逆転、なんてそう上手い話があるわけでもない。そもそも軍資金もない。そう、働いて賃金を得るのが一番いい。

だが、私個人で働いたところで、手にするお金は限られている。

もっとこう、大きく一発、新規の事業を起こすとか、ないかしら——。

「そういえば、最近は動物を飼うのが流行っているみたいですね」

「えっ、そうなの?」

ユリアの何気ない台詞にソファから身を起こした。

「ええ、現国王の甥であるアルベルト様とその婚約者であるセレンスティア様も、大変な愛猫家であるとお聞きしました。なんでも二人の愛のキューピッドが猫だったみたいです。それが火付け役になって、貴族たちの間ではペットを飼うことがブームになっているみたいですわ」

「それだわ!!」

話を聞いて閃いた。ドロシーは私の大声に驚いたのだろう。ピクリと体を起こして窓辺によじ登る。お気に入りの場所にさっさと避難した。

そうよ、私は猫も好きだけど動物全般が好きだ。この特技を生かせばいい。

「ユリア、街にはペット専門のお店はあるのかしら? ペットのトリミングをするサロンのような店」

ユリアは首を傾げる。

「さぁ、聞いたことはございませんが」

誰も事業として立ち上げていないなら、私がペット事業の、第一号になればいい。トリマーの腕と動物看護師の資格を生かせるじゃない。

「リサーチが必要ね。どんな動物を飼うのが流行っているのか。店舗を開業して宣伝にも力を入れて……」

そうと決まれば、やることがたくさんある。ブツブツとつぶやいているとユリアがクスリと笑う。

「お嬢さま、ここ最近は本当に生き生きしていますね」

それは、転生したことに気づいたから。

なんてユリアといえど、言えるわけがない。

「そうかしら」

首を傾げ、すっとぼけてみる。

「そうですわ。以前は嫌なことがあっても口に出さず、ジッと堪(こら)えている様子でしたし」

叔父夫婦に嫌なことを言われても耐えていた。だけどもう、我慢する必要がないと吹っ切れた。

「そうね、お風呂のタイルで滑って頭を打って、決意したのよ!!」

拳をかかげ、立ち上がる。

「人生いつどうなるのか、わからないわ。それこそ、頭の打ち所が悪かったらそのまま目覚めなかった可能性もあるじゃない」

「ええ、あの時は驚きました。大きなタンコブができましたけど、目覚められて安心しました」

衝撃で前世を思い出したが、一歩間違えれば、あのまま現世とさよならしていたかもしれないのだ。

「だからこそ、立ち止まって自分の現状を嘆いている時間がもったいないと思ったの。このまま叔父の思惑通りにセドリックと婚約なんて冗談じゃない。だったら私はあがくわ。自分のやりたいことを見つけ、自立する‼」

なんの後ろ盾もお金もない私が大口を叩いていると、聞いた人々は笑うだろう。だがユリアはごく真剣に耳を傾けてくれる。

「いいですね、お嬢さま。その時は私も連れていってくださいませ」

「来てくれるの⁉」

身を乗り出すとユリアは笑った。

「ええ、このユリア、どこまでもついていきます」

胸に手を当て忠誠を誓ってくれる彼女に嬉しくなる。

「お給金弾めるように頑張るからね」

「期待していますわ」

ユリアがついて来てくれるのなら、この先の未来は明るい気がする。

夢を語る私をユリアは手を止めて聞いてくれる。

「動物を保護する仕事もしたいと思っているの。捨てられた動物に飼い主を探してあげたり。一匹でも多くの恵まれない動物たちを救ってあげたいの」

「素晴らしい取り組みですわ」

ユリアは壮大な夢だと言う。笑ったりはしない。

「それでしたら、この新しい事業に賛同してくれる方を探してみるのもいいかもしれませんね」

ユリアのアドバイスを聞き、大きくうなずいた。

「それはいい考えね‼」

「まずは、舞踏会に参加なさってみてはいかがでしょう？　お嬢さまの夢をバックアップしてくださる、出資者が見つかるかもしれません」

人前に出るのはあまり得意ではなかったが、そうは言っていられない。動物たちを救うという壮大な夢があるのだ。


「はぁ？　ドレスを貸して欲しいですって？　本気で言っているの」

腕を組み、ジロリと私をにらむレティはドスの利いた声を出した。

ドレスがないからレティに借りに行ったが、切り出した途端、渋面を作られている。

緩いウェーブがかかった茶色の髪に吊り目の青い瞳。黙っていれば美しい顔だちをしているのだが、いかんせん気立てが良くない。性格の悪さがにじみ出ている。

機嫌が悪いと八つ当たりなど日常茶飯事だ。皆にちやほやされて当然なわがまま気質。私のことをお姉さまと呼ぶが、下僕と思っていることが態度に表れている。

「お姉さまに私のドレスが似合うと思えないわ。私のためのデザインで仕立てているのだから」

ふふん、と鼻で笑いながら紅茶のカップを持ち、口をつけた。

「大丈夫、胸がきつくても我慢するから」

「どういう意味よ!!」

レティは紅茶のカップを荒々しく置いた。

ささやかなレティの胸には幾重にもパットが詰められていることを、私は知っている。

顔を真っ赤にしてプルプルと震えだすレティを見て我に返る。

いけない、ケンカを売っている場合ではなかった。下手に出てお願いしなくては。

私はここ数年、ドレスを新調していない。それも叔父夫婦が贅沢だと言い、許さなかったからだ。

だから舞踏会に出るような華やかなドレスを持っていない。

「私、最近太ってきたから細身のレティのドレスは、ちょっときついと思うのよ」

自分を卑下してまでフォローを入れる。こっちは必死なのだ。レティは少し気を取り直したようで、若干表情が和らいだ。

ホッと胸を撫で下ろした時、窓の外から馬車の蹄の音が聞こえた。

来客だろうか？　きっと叔父あての客だろう。

「そもそもドレスなんて借りて、どうする気よ」

髪をいじりながら、面倒くさそうな声を出す。

「来週の舞踏会に出席しようと思って」

「えっ、お姉さま行く気なの!?」

レティが眉間に皺を寄せ、詰め寄った。

「どういうつもり？　今までまったく興味なかったじゃない」

「そうだけど……」

ここで本当の理由をレティに言うべきじゃないと判断する。言ったら面倒なことになる、絶対。

邪魔してくるに決まっている。

「私ももうすぐ十八歳。そろそろ人前に出ることに慣れておこうと思って」

「ふーん」

私の返答にいまいち納得していないようだ。レティは真意を探るような眼差(まなざ)しを向ける。

だが、しばらくするとレティは顔をパッと明るくさせた。

「いいわ、貸してあげる」

「本当⁉」

やった、これで舞踏会に出席できる。素直にお礼を言っておこう。

「ありがとう」

「ええ、お姉さまに似合うとびっきりのドレスを、貸してあげる。感謝してよね」

ニヤリと含み笑いを見せたレティに少々引っかかるが、今は気にしないことにする。

これで舞踏会に行き、私の考える新しい事業に賛同してくれる方を探すことができる。

問題は相手へのアプローチの方法。

どうやって事業に興味を持ってくれる人を探すか。動物好きであることは第一条件だ。

まずは部屋に戻って考えよう。

「じゃあ、当日はよろしくね」

レティに礼を言い退室しようとドアノブに手をかけた時、急に扉が開いた。

「ああ、ここにいたのか、アステル」

姿を現したのは叔父だった。

なんの用だろう。グッと顎を引き、身構えた。

「ちょうど良かった。お前に来客だ」

来客？　そんな話は聞いていない。

いくらなんでも訪ねてくるなら前もって連絡を寄越すものだ。

叔父が扉の外へチラリと視線を投げた。その先にいた人物が一歩前に出て、視界に入る。

スラッとした長身に、キラキラと輝く金の髪。ブラウスの胸元を開け、そこから見えるのはリングのネックレス。

手鏡を持ち、髪形をチェックしている。

チャラチャラッとした軽い風貌の人物は私の顔を見ると、胸ポケットに手鏡をしまった。

「アステル」

名を呼ばれ、反射的に叫んだ。

「セドリック、なんでここにいるわけ⁉」

前触れもなく、私を訪ねてきたの？　昨日叔父から聞かされた話が脳内を駆け巡り、私は身構えた。

「わざわざ会いに来てやったんだ。もっと喜んでいいぞ？」

どこからくるんだ、この自信。勘違いもいいところだ。

「全然‼　頼んでいませんから」

「素直じゃないな」

髪をかき上げ、フッと微笑むセドリック。ちょっとやそっとじゃめげない、鋼メンタルの持ち主だ。話が通じない、だからこそ、関わりたくはない相手だ。

その時、横にいたレティがズイッと私の前に出た。

「まあ、セドリック‼　お久しぶりね」

先ほど、私に意地の悪い返答をしていた姿を巧妙に隠し、コロッと猫撫で声を出すレティ。

彼女は昔からセドリックのことが気に入っている。性格の悪い者同士、お似合いだと思うのだが。

「ああ、レティ。元気だったか？」

「もう、ちっとも遊びに来てくれないんですもの。昔のように頻繁に来て欲しいわ」

冗談はよしてくれ。

幼い頃は月に数回は遊びに来ていたが、成長するにつれてそれもなくなった。私としても面倒な相手をしなくていいので楽に思っていた。だがレティはセドリックに会いたかったらしい。そんなに会いたければ、自分からセドリックに会いに行けばいいのだ。

レティは彼を前にして上機嫌に話し始めた。

じゃあ、私はこの隙に部屋に戻ろう。

気配を消し、ソソソッと離れる。足を踏み出そうとした時、急に腕を掴(つか)まれた。

「おっと。アステル、どこへ行くんだ?」

セドリックは得意げにウインクしてくる。

「ちょっと忙しいから部屋に戻ろうかと思って」

勝手にやってくれ。彼の相手はレティがするだろう。

セドリックが私を引き止めたのが気に食わなかったようで、レティの表情が曇る。

せっかくドレスを貸してくれる約束をしたのに、このせいでやっぱり止(や)めたとか言い出さないかしら。

気になってソワソワした。だが掴まれた腕を、セドリックは放してくれそうにない。

その時、叔父が大きく咳払いした。

「セドリックは、アステルに話があって来たのだ」

きっと婚約の件だろう。

でもおかしい。彼は私と婚約してもメリットなどないからだ。

婚約の話は叔父から聞かされたが、まさかセドリックは了承しているわけ?

きっと彼もなにかの思惑があるはずだ。もしくは私をからかっているだけとか。それとも彼が直接、あの話は嘘だからな、本気にするなよ、とでも言いに来たか。

ここは一つ、彼の本音を聞き出したいところだ。

「ちょうど良かった。私も聞きたいことがあるの」

はっきり告げると、彼は得意げに胸を張る。

「俺のことが知りたいって？　いいさ、なんでも答えてあげよう」

いいや、あなた個人にそこまでの興味はない。喉から出そうになった本音を呑み込む。

「では、応接間に移動しなさい。二人で話をするといい」

叔父が上機嫌になって両手を広げ、案内しようとした。

「いいえ、ここで結構です。私の聞きたいことはすぐ済むから」

セドリックと長時間話す必要はない。ここではっきりさせておきたいのだ。

「セドリックがうちの借金を返してくれるの？　その条件が、私との婚約って本気じゃないわよね？」

聞いた瞬間、レティは目を吊り上げた。

「嘘でしょう⁉　そんなこと聞いていないわ‼」

すごい剣幕で怒り出し、身を乗り出した。

「お父さまは婚約を許したの⁉　お姉さまがセドリックと⁉　信じられない‼」

髪をかきむしり、取り乱し始めた。

レティの動揺を目の当たりにして、こっちが混乱する。

まさかこの話、レティは知らなかったのか。てっきり聞かされているとばかり思っていた。

一人娘にめっぽう弱い叔父は彼女から詰め寄られ、タジタジになっている。

「大丈夫よ、レティ。そんなことにはならないから」

なだめようとするが、逆効果だったようだ。

レティは唇を噛みしめ、キッと私をにらんだ。

「許さないわ。なんでお姉さまなの!! そんなの絶対許さないんだから!!」

まさに噛みつかんばかりの勢いだが、それに関しては同意見だ。もっと言って欲しい。

「レティ、これには深い事情があってだな――」

「お父さまもひどいわ!! 私がセドリックを気に入っていること、知っているでしょう!!」

涙目になって今度は叔父に食ってかかり始めた。

セドリックは天を仰ぎ、深い息を吐き出した。

「ここにいても、らちが明かない。行こう」

「えっ?」

セドリックは掴んだままの腕をグイグイと引っ張り、私を連れ出した。

「えっ、えっ、でも!!」

「ここじゃ、落ち着いて話せないだろう」

レティが叔父に詰め寄っている間に、彼は私を連れて逃げようとする。

セドリックのこんな強引なところが苦手だった。自分のペースで話を進めようとする。

そもそもここで訂正してレティを落ち着かせてくれても良かったじゃない。

ズンズンと廊下を進んだところで、グッと足に力を入れ踏ん張った。

セドリックは立ち止まった私に気づき、振り返る。

「話ならここでもできるわ」

手短に終わらせて欲しいという態度に気づいたのだろう。彼は大げさに息を吐き出し、肩を落とす。

「未来の旦那様にそんな口の利き方していいのか？」

「はっ？」

恐ろしいキーワードが飛び出してきて、耳を疑う。

もしや寝ぼけているのだろうか。

セドリックは摑んでいた私の腕をようやく解放する。両腕を組み、不機嫌そうにジロジロと私をにらむ。

摑まれていた腕が痛い。思ったより強い力だったようだ。私は腕を擦りながら口を開く。

「私と婚約って、信じられないんですけど。どうして？　レティの方があなたを慕っていると思うわ」

「レティなんて、まだ子供じゃないか」

お前が言うか、それ。

ツッコミたかったが、ぐっと堪えた。

「子供って……。年齢だってそう変わらないでしょ」

たった一年の差だ。それに精神年齢は私から見てどっちもどっち。これは言わないけれど。

「あのね、セドリック、幼い頃からの付き合いで借金の肩代わりをしてくれることは本当に感謝しているの。でもね、それで婚約って話が見えなくて――」

「ハッ」

セドリックが横を向き、バカにしたように鼻で笑う。

「お前みたいな屋敷から出ない、出会いもない。そして後ろ盾もないヤツ。可哀(かわい)そうだから、婚約してやろうと思う、俺の優しさだ」

「まあ‼」

上から目線な発言を聞き、開いた口が塞がらないとはこのことだ。

「ああ、俺はスタイルが良くて、顔も美しい。その上、弱者に手を差し伸べる広い心を持つ……なんて完璧な人間なんだ‼」

恍惚(こうこつ)として自分に酔い始めたセドリックにビシッと指を突きつけた。

「とにかく、婚約はなし‼　借金は私が代わりに返済するつもりだから‼」

「は……？」

彼はポカンと大口を開けた。

しばらく沈黙が続いたあと、いきなり笑い出す。

「やってみるんだな」

セドリックも叔父と同じ。私には無理だと思い込んでいる。絶対見返してやるんだから。

「ええ、やってやるってんだわよ‼」

啖呵を切ると、彼は嫌そうに顔をゆがめた。

「まったく、最近のお前はすぐムキになって言い返す。いったい、どうしたんだ」

「黙っているだけでは物事は好転しないと気づいたからよ。嫌なら嫌だと主張すると決めたの」

「ふん、少し前なら、黙ってうつむいているだけだったくせに」

私が珍しく強気に言い返すものだから、セドリックは内心焦っている。彼は動揺すると瞬きを繰り返すクセがある。自分では気づいていないだろうけど。

私は今までの私じゃないの。

前世の記憶を取り戻し、今は目標に向かって突っ走るのみだから。

「私の言いたいことは伝えたわ」

このまま彼と話していても平行線だと思えた。だったら時間がもったいない。私は将来について計画をたてねばならないのだ。

「じゃあ、もう失礼するわ。時間があるようだったらレティのお相手でもしていって。あの子のご機嫌を取れるのは、あなたしかいないわ」

レティの機嫌を損ねたんだから、責任取って相手をしていってよね。

目に力を入れてにっこりと微笑む。

「それじゃ、失礼」

素っ気なく一言告げると、後ろを振り返ることなく自室に戻った。

……と、フォローを頼んだが、セドリックはレティの相手をせずに帰ったらしい。くっそう。

その後、荒れまくったレティをなだめるのには苦労した。叔父は私にレティの子守を押しつけてくるし、この状況をどうしろと言うのさ。

心の中で悪態をつきつつも、顔に出さずにレティの相手をする。

「どうせ、セドリックの質の悪い冗談だから。彼は私を困らせて楽しむの。わかるでしょ？」

そこまで言ったら少し納得したようだ。レティはクッションに埋(うず)めていた顔をようやくパッと上げる。

「そうよね、どう考えたってお姉さまとセドリックじゃ、釣り合わないし。婚約を本気にしたお姉さまを笑いものにするつもりだったのかもね」

笑いものにしてもいい。婚約さえしなければ。

「だからね、お姉さまに忠告しておいてあげる」

レティはスッとソファから立ち上がると、私に指を突きつけた。

「本気になんてしないことね。変わり者のお姉さまを好きになる、もの好きな男性なんていないから」

あ〜はいはい。私の方も興味がないから大丈夫です。

レティの嫌みも毎度のことなので、ちっとも傷つくことはない。耐久性がつき、不屈の精神が出来上がっている。

ひとしきり私に嫌みを言ったレティはようやく落ち着いたようだ。

内心、ぐったり疲れた。だが、これもドレスを貸してもらうため。そう思うと頑張れた。

「私も自分のことはわかっているつもりよ。私を好いてくれる稀有な人はいないでしょうね」

「そうよ、いたとしたら相当な変わり者だわ」

神妙な態度でわざと傷ついた顔を見せると、レティはようやく機嫌を直した。

「お姉さまってば、そうやって暗い顔していると、ますますブサイクに見えるわよ」

バカにしてフフフと笑った。

よし、ここまでレティのご機嫌を取ったら、無事にドレスは貸してもらえるだろう!!

演技で悲しい素振りを見せつつ、心の中ではウキウキとガッツポーズを決めていた。


いよいよ舞踏会当日を迎える。

扉がノックされ、一着のドレスを手にしたユリアが入室してくる。

「お嬢さま、レティ様よりドレスを借りてまいりました」

「ありがとう」

ああ、良かった。レティは約束通り、ちゃんと貸してくれた。ここ最近、彼女のご機嫌を取り続けたかいがあったわ。

ホッとしながらドレスを持つユリアに近づく。

気のせいかユリアの顔が曇っている。

「どうしたの？　ユリア、具合でも悪い？」

声をかけるとハッとした表情を見せたのち、大きく首を横に振る。

「いいえ、私は元気です」

「そう？　なら良かったわ」

ユリアが手にしていたのは薄い水色のドレス。肩口についているコサージュが可愛らしいデザインだ。

「まあ‼」

ドレスを受け取り、両手で持って広げてみる。

まさかレティがまともなドレスを貸してくれるなんて‼　失礼だけど、当日まで半信半疑だった。今日になって、やっぱり気が変わったとか言い出すかもしれないとヒヤヒヤものだった。それとも、侍女の服でも渡されて『お姉さまにはこれがお似合い』と言い出すとか。

本当に気分次第でコロッと変わる、面倒な相手なのだ。

ドレスを体に当てながら鏡の前に立つ。

うん、悪くないじゃない。

「可愛らしいドレス‼」

私がはしゃいだ声を出すと、ユリアの表情がパッと明るくなった。

「良かったです‼　そうですわね、この色はお嬢さまにとてもよく似合っていますわ」

久々にドレスを着て、ちょっと嬉しくなる。人並みに着飾って楽しいと思えた。

私とユリアが楽しそうにしていると、寝ていたドロシーは気になったらしい。ベッドから下りて、トコトコと近づいてきた。

そっとドロシーの頭を撫でる。

「今日は舞踏会に行ってくるからね。いい子でお留守番していてね」

「ニャー」

ドロシーの返事はとても可愛い。

「ドロシーがもっと安心して住める環境を整えることができるよう、頑張ってくるから」

叔父夫婦は動物が好きではない。だからこの屋敷では、ドロシーが入ってはいけない部屋が多々ある。その行動は制限されている。

自立したら、ドロシーのためにキャットタワーも用意して、今よりも居心地の良い環境にしてあげたい。夢は膨らむばかりだ。

ユリアにきちんと化粧をしてもらい、私は立ち上がった。

「さあ、行きますか‼」

「お嬢さまに素敵な出会いがありますように」

ユリアが祈るように言ってくれた。

「ええ、いい出資者と出会えるように祈っててね‼」

「出資の方もそうですが……。お嬢さまが良縁に恵まれることも大事ですわ」

ユリアの発言に思わず噴き出しそうになる。

「私を気に入る男性なんていないわよ。先日だってレティに言われたばかりよ」

「お嬢さまは、美しいと評判だった奥様に瓜二つだと使用人たちの間で噂されています。年を追うごとにますます綺麗になられていますわ」

私の茶色の髪と瞳の色はお母さま譲り。いつも微笑み、一日一回は、私をギュッと抱きしめてくれていたお母さま。

そんな優しい亡き母に似ていると言われるのは嬉しいものだ。

「そうかしら」

「はい、もっと自信を持ってください。とっても素敵ですから」

「ありがとう」

私はドロシーに頬ずりして挨拶をしてから、急いで階下に向かった。


エントランスフロアに下りてしばらく待っているとレティがやってきた。

白い生地にピンク色のグラデーションが美しいドレスで、生地にはビーズがふんだんに散りばめられている。バックリボンのコロンとした丸みが特徴的だ。

とても可愛らしいドレスだが、初めて目にするデザインだ。きっとまた、叔父にねだって買ってもらったのだ。とっても高そうだ。家計は火の車だというのに、自分には関係ないと思っているのだろう。

たとえセドリックに借金を肩代わりしてもらっても、こんなことでは一時しのぎになるだけ。この家の人々が考えを改めない限り、一生借金から逃れられない気がする。

考えていると頭が痛くなってきた。

「あら、お姉さま」

私に気づくとレティは頭のてっぺんからつま先までジロジロと見つめる。

そして突然、笑い出した。

「とっても似合っているわよ、そのドレス」

「そ、そうかしら?」

自分でも悪くないと思ったけど、まさかレティに褒められるなんて——。

嬉しくて気分が上がった。

「まあ、そのドレスの形が流行ったのは数年前だけどね。当時を思い出すわ」

「えっ?」

ということは昔のドレスだということ?

ユリアがドレスを手にして戻ってきた時、表情が暗い気がしたが、そのことを気にしていたのかもしれない。

だが私は形が古かろうが、なんでもオッケー、特に気にならない。

はなからレティが最新のドレスを貸してくれるなんて、期待していない。

「まあ、古臭いお姉さまだから、そのドレスとってもお似合いよ」

レティは私を見て楽しそうに笑う。

「舞踏会ではお相手を探している男性も大勢いらっしゃるのに、お姉さまのそのドレスを見たらどう思うかしら？　野暮ったい昔のドレスだと思われるでしょうね。恥ずかしいから近寄らないでちょうだい」

別に人にどう思われようと気にしない。恋の相手を探しに行くわけではない。あくまでも出資者を目当てに行くのだから。

だがケロッとしていると、それもまたレティの気に障るかもしれない。

私はうつむき、困った表情を装う。

それを見たレティは、機嫌の良さそうな声を出してコロコロと笑った。

どうやら私は悲しみの表情を浮かべることに成功したらしい。

「さあ、行くわよ!!　絶対、セドリックよりもいい男を見つけてやるんだから!!」

レティは気合満点、拳を握り、ガッツポーズを決めている。

「言っておくけど、現地についたら解散だから。離れて行動して」

もとよりそのつもりだ。レティについて回るつもりもない。

「私の出会いを邪魔しないでちょうだい。見てなさいよ、うんと上級の男性を射止めてみせる。お姉さまの悔しがる顔が今から楽しみよ」

レティは対抗心を燃やしているが、私にとってはどうでもいいことだ。

適当に返事をしてやり過ごした。

舞踏会を主催するシュカイザー家に到着し、豪華なエントランスに見惚(みと)れてしまう。

広間に案内されると、レティは意気揚々と人混みの中へ去っていく。

人で埋め尽くされ、談笑する声、女性のお化粧や香水の香りでごった返している。

うっ、人酔いしそう。

足を踏み入れて早々目まいがした。

人混みが苦手な私。だが、ここで怖気（おじけ）づいてはいけない。自立のため、そして動物たちのためと思い、足に力を入れて踏ん張った。

まずはそれとなく状況をリサーチすることにした。

広間の隅に立ち、周囲を観察する。

話を聞いてくれそうな人や、なにか情報があればやりやすいのだけど……。

男性が集まり会話をしているグループがあったが、いきなり中に入っていくわけにもいかない。

様子をうかがっていると、私と同じぐらいの年齢の女性が三人集まっているのを見つけた。なにやら楽しそうに会話している。

「ねえ、聞いてくださる？　先ほどレイモンド様のお姿をお見かけしましたわ‼」

「まあ、いらしているのね‼」

キャーと黄色い歓声が飛び交い、はしゃいでいる。

「アレン様と楽しそうにお喋（しゃべ）りしていましたわ」

「相変わらず、いつも仲良しですわね」

「それならラウル様もご一緒かしら？」

「お姿は見かけなかったわ。遅れていらっしゃるのかしら？」

人目もはばからず、盛り上がっている。声が大きいので自然と耳に入ってくる。

どうやら人気のある男性について話しているらしい。

「いつも三人でいらっしゃるけど、今日こそお近づきになりたいわ」

「あら、抜け駆けはずるくてよ。高い身分な上に見た目も文句なしのあの方々は、競争率が高いですわよ。レイモンド様は社交的で優しい。アレン様は明るくて楽しいお方だし」

「でも一番は侯爵家のラウル様よね」

「ええ、そうよね‼」

皆がうんうんとうなずく。

「なんといっても国王陛下の甥であるアルベルト様と、ラウル様の妹君のセレンスティア様との婚約ですもの。ラウル様は王族の親戚になられるでしょう？　それに独身ですよ。なんとかお近づきになりたいわ‼」

「ただちょっと……」

そこで一人の令嬢が声のトーンを落とした。

「威圧感があって、少し近寄りがたく感じてしまいますわ。あの方を前にすると私、緊張してしまって」

なるほど。社交界で人気の三人組がいるということなのね。だが結婚相手を探していない私にはあまり関係のない話だ。それより、新しい事業に興味がありそうな人や、動物に関する会話が出てこないかなぁ。そんな都合のいいことがあるわけないが、期待してしまう。

「ねえ、ちょっと」

令嬢の一人が声をひそめた。そしてなにやらこちらに視線を感じる。

三人組が私の姿を見て、何かを言っている。

「あのドレス、昔流行ったドレスですわよね。懐かしいわ、私も何着も持っていましたわ」

「あら、本当だわ。今どき着ている人がいるのね」

これはもしや私の格好を見て言っている？

彼女たちは扇で口を覆ってはいるが、私に聞こえるように言っているのだ。

「肩口に大きなコサージュ、今では誰も着ている人はいないわ。私は全部、教会に寄付をしたわ」

「本当、昔を思い出すわ」

さすが令嬢たちは、同性が着ているドレスにも敏感だ。

クスクスと忍び笑いをしているが、特に恥ずかしいとは思っていない。レティはこうなることを予想して笑っていたのだろう。レティ、あなたのお望み通りの結果になったわよ。

だがこっちを見てクスクスと笑われているのは、あまり居心地が良くない。

ちょっと夜風に当たってこようかしら。

気持ちを切り替えると、彼女たちにクルリと背中を向けた。

広間を抜け出し、そのまま庭園に向かう。

熱気のこもった空間にいたから、軽く汗ばんだ肌に夜風が心地よい。

庭園の芝を踏みしめてしばらく進むと、水の流れる音が聞こえる。音のする方に視線を向けると、噴水があった。その中央には水の湧き出る壺を持った、大理石の女神の彫刻が立っている。

噴水の周囲を私と同じ年頃の男たちが取り囲んでいた。

ワイワイとはしゃぐ声が聞こえるが、なにをしているのだろう。

ニャー……。

今の鳴き声は猫？　こんなところで？

見回すと噴水の側にいる男が小さな黒い猫を鷲掴みしている。ずいぶん乱暴な扱いだ、思わず息を呑む。

「犬だって泳げるんだから、猫も泳げるって。賭けをしようぜ？」

男は猫を摑んだ手を、噴水の方へ伸ばした。

まさか、あの猫を水に落とすつもりなの⁉

悪ノリした口調でヘラヘラと笑う男。周囲にいる男たちも、誰も彼を止めようとしない。

「やってみろよ。泳げない方に賭けるぜ」

可哀そうな黒猫は必死に鳴き声を上げている。

なんて悪趣味な奴らなの。わなわなと怒りが込み上げ、気がつくと飛び出していた。

「ちょっと‼」

突然出現した私に男たちは驚き、目をパチクリとさせる。

「なにをやっているの、猫を離しなさいよ!!」

ずかずかと近寄ると、男の手から猫を奪い取った。小さな猫は震えている。

「怖かったね、もう大丈夫だからね」

優しい声で猫に語りかけ、頬ずりをしてからキッと顔を上げた。

「あなたたち、なにをしようとしていたのよ。やっていいことと悪いことの区別もつかないの？　恥を知りなさい!!」

自分より弱い物をいじめるとは最低だ。動物虐待は許さない。

「な、なんだよ。ちょっと遊んでいただけじゃないか」

「遊んでいた？　猫を水に落とそうとするなんて、冗談ではすまさないわ」

「チッ……!!」

舌打ちをした男は忌々（いまいま）しげに私を見る。

「返せよ、俺たちが先に見つけたんだ。どうせ迷い猫だろう。構うもんか」

「嫌よ、あなたたちには渡さない」

男は無理やり手を伸ばし、猫を奪い取ろうとした。身をよじってかわしたが、強引に私の手から猫は奪われてしまう。

「返してよ!!」

男は荒々しく猫の首根っこを摘まみ上げ、顔を近づけた。

「お前も、俺たちと遊びたいよな」

その時、それまで縮こまっていた猫がフーッと威嚇する声を上げ、小さな前足で男の顔を引っかいた。

「うわっ!!」

男が驚いて猫を掴む手を離す。

「この……!!　バカ猫め!!」

頬にはくっきりと猫の爪痕が残っている。見るからに痛々しいが、自業自得だ。逆上した男は猫を蹴り上げようと、足を上げた。

「ダメ!!」

反射的にしゃがみ込み、男の足にしがみついた。

「な、離せよ!!」

「離さないわ、猫を蹴ろうとするなんて!!」

足にしがみついて離れようとしない私に、男は痺れを切らしたのだろう。

いきなり顎を掴まれ、つられて顔を上げる体勢になる。

「へえ、こうやって見ると、結構可愛い顔しているじゃないか。猫の代わりにお前が相手をするなら、許してやるよ」

酒臭い息を吹きかけられ、顔がゆがむ。

周囲の男たちも誰も止める者はおらず、明らかにこの状況を楽しんでいた。

こいつら、最低――。

悔しさで涙がにじんだ。

「――なにをしている」

その時、低い声が響いた。

男はハッと息を吞むと、私の顎を摑んでいた手を離した。

反射的にパッと声のした方へ顔を向ける。

そこにいたのは背が高く肩幅もガッシリとした、体格の良い男性。

吊り上がった瞳はいさましく、強靭な顎としかめた眉は威圧感がある。スッと伸びた鼻筋と理知的で鋭い目つきは険しい。

彼が登場すると周囲の空気がピリッと張りつめた。

威圧感を醸し出す男性は、再度口を開く。

「寄ってたかってなにをしていたんだ」

低い声が男を問い詰める。

「あ、これは……」

先ほどまでの威勢の良さはどこへいったのか。男たちはしどろもどろになった。

「話をしていたら、この女がいきなり邪魔をしてきて……」

私を指さす男にすぐさま反論する。

「嘘よ‼ あんたたちが、猫をいじめていたんじゃない‼」

突如現れた人物は、私の言葉を聞くなり、男をギロリとにらんだ。

にらまれた男たちはタジタジになり、一気に酔いが醒めたようだ。先ほどまで赤らんでいた顔が今度は真っ青になっている。

「お前はコールス家だな」

素性を言い当てられた男は肩をビクリと揺らす。

「右端からバルカン家、オーラント家、トルク家……」

次々と家門を言い当てられた男たちは、いきなり姿勢をビシッと正した。

「す、すみませんでした!!」

矢継ぎ早に謝罪の言葉を口にして直角に腰を折って頭を下げる。

「なぜ、私に謝るんだ?」

男性は腕を組むと静かな声を発する。

「この女性に謝るべきじゃないのか?」

視線を向けられ、ドキッとする。

男たちは急に現れた男性が怖くて、単に上辺だけの謝罪をするつもりなのだろう。

「いえ、結構です。猫をいじめたこと許せませんから」

首を横に振り、きっぱり拒否する。心のこもっていない謝罪は要らない。

「――だ、そうだ。もう行くがいい」

男性がため息をついた直後、男たちは逃げるように走り去った。

な、なんなの、この状況は……。

呆気(あっけ)に取られて口をポカンと開ける。

だが、登場した男性が私を見ていることに気づき、ハッと我に返った。

威圧感があって、どことなく怖い雰囲気の男性。だけど、この人は私を助けてくれたのよね。

気を取り直し、スッと立ち上がる。ドレスの裾についた土を払い落とし、彼と向き合った。

こうやって対面するとすごく背が高い。ガシッとした肩幅にしかめっ面。眉間に皺を寄せ、私をジッと見つめている。

「あの、ありがとうございました」

深々と頭を下げて礼を言う。

「なにをしていたんだ、女性がこんな場所で一人」

ビシッとした厳しい声色が、私を問い詰める。なぜだろう、責められている気持ちになるのは、この口調のせいか。

「夜風に当たろうと思って歩いていました」

すると男性は少し呆(あき)れたような声を出す。

「舞踏会で酒に酔って羽目を外す奴らはどこにでもいる。嫌な目に遭いたくなければ、一人で行動するのは控えることだ」

正論すぎてぐうの音も出ない。

「は、はい、そうですよね」

愛想笑いをすると、ジロリとにらまれた。

「ニャー」

その時、足元から可愛い声が聞こえた。すぐにしゃがみ込み、小さな猫を抱きかかえる。

「よしよし、怖かったね。もう大丈夫だからね」

小刻みに震える猫の頭を撫でて落ち着かせた。

「この猫を助けることができました。ありがとうございました」

再度頭を下げて礼を言った。

「……動物が好きなのか？」

不意に質問され、顔をバッと向ける。相手はすごく真剣な顔で返答を待っている。

「ええ、大好きです‼」

拳を握りしめ気合を入れ、返答する。

「動物全般が大好きですね。鳥も猫も犬もすべて‼」

私に聞いてくるということは、目の前の男性も動物が好きなのだろうか。

「あなたも動物がお好きなのですか？」

もしや、私が抱いている猫ちゃんを可愛いと思っている？　抱っこしたいと望んでいるとか？

だったら抱かせてあげよう、猫の恩人だし。

両手で猫を抱え、グッと差し出した。

さあさあ、遠慮しないで愛(め)でていいですよ。あなたに助けられた可愛い猫です。

「いや、動物は得意ではない」

だが返ってきた言葉にガクッと肩を落とす。同時に猫をサッと引っ込め、再び胸に抱く。

なんだ、やけに聞いてくるから同志かと思ったじゃないか。

そこで私は熱弁する。

「動物はいいですよ。可愛いし、人を癒してくれます。だから私、夢があるんです。最近ではペットブームと聞いていますし、事業をやりたいんです」

「事業とは？」

男性は眉をピクリと動かす。

「動物と関わる仕事——ペットサロンを開業したいんです。毛並みを整えたり、洗ったり爪を切ったり。あとは健康状態のチェックですね。動物のしつけに困っている人がいたらアドバイスもしてあげたいです」

「それは人を雇って事業を展開するのか？」

「いいえ、まさか‼　私が動物の相手をしますわ。こう見えても私、それなりに動物に関わった経験があるので」

前世のことだが知識も経験もある。チャンスさえあれば、その経験を生かせるとアピールする。

夢は尽きない。最終的には動物の保護が目的だ。

「貴族令嬢で、しかも女性でみずから働こうと考えているとは、変わっているな」

クッと鼻で笑われたが、不思議と嫌な気分ではなかった。

「よく言われます、変わっているって」

ふいに昔の光景が脳裏に浮かぶ。

『子供は元気に外で遊ぶものだけど、屋敷にいる方が好きだなんて、アステルは変わっているかもね』

お母さまも、そう言ってよく笑っていた。

人前に出るより、屋敷にこもって母とドロシーを撫でていることが幸せだった。

病弱な母と一緒にいられる時間がなにより大切だったから。母の側にいたくてずっと屋敷で過ごしていた。

だが記憶を取り戻した今では別！　自分から出資者を探しに外に出たのだ。

「私が働く理由はお金が必要だからです‼」

自由を手に入れるためだ。

じゃなきゃ、セドリックとの婚約コースが待っている。そんなの嫌だ。

セドリックのあざ笑う声を思い出すと背中がゾワゾワする。あのナルシストは鏡と婚約でもすればいい。それならずっと自分を見ていられるじゃない。

「――そうか」

すると、それまで硬い面持ちだった男性の表情が少し和らいだ。

顎に手を当て、なにかを考え込んでいる。どうしたのだろう。

「犬も得意か？　大型犬なのだが」

質問する相手に迷いなく返答する。

「ええ、大好きです」

すると相手は語り始めた。

「恩師が病気で亡くなる前に、一匹の犬を託された。だが今まで犬など飼ったことがないから、扱いに手を焼いている」

「まあ」

犬は最初が肝心だ。

ダメな時はしっかり叱り、上手くできたらちゃんと褒めてあげる。ルールを教えるのだ。

恩師から引き取ったということは、いきなり環境が変わって犬も戸惑っているのかもしれない。

話を聞いていると興味が湧いた。

「取引をしないか」

「取引？」

いきなり話を切り出され、首を傾げる。

「うちで引き取った犬を懐かせ、きちんとしつけに成功した場合、お前のやりたい事業とやらの支援者になろう」

願ってもない申し出だった。パアッと表情が明るくなるのがわかった。

「やる‼　やります‼　やらせてください‼」

鼻息も荒く、返事をする。相手はクッと肩を揺らして笑う。

「喜ぶのはまだ早いぞ。その腕前を見てからだ」

「大丈夫、絶対、成功させてみせます‼」

胸を張って宣言する。

前世では、気難しく扱いに困る犬のしつけに、根気よく付き合った経験がある。最初はなかなか心を開かなくとも、徐々に距離が近づく喜びを私は知っている。

舞踏会に出席した初日で、こんなにいい話が転がってくるとは思わなかった。

猫は安心したら眠くなったのか、私の腕の中でうとうとしている。私と彼を引き寄せてくれた猫に感謝しながら、抱きしめる腕に力が入った。


「あっ、いたいた、遅いじゃないか」

そこへ足音が聞こえたと思ったら、二人の男性が姿を現した。

相手も私に気づき、驚いて目を瞬かせた。

「わ‼　ラウルが女性と密会していた‼」

一人の男性が私たちを指さし、周囲に響き渡る声で叫んだ。

その瞬間、ラウルと呼ばれた目の前の男性は、叫んだ相手の頭をすごい勢いでパチーンと叩いた。

「誰が密会だ」

さらに追い打ちをかけるように相手の首を掴み、ギリギリとタイを締め上げる。

「だ、だって、女性と二人きりなんて珍しいじゃないか」

相手は苦しげに言葉を絞りだす。

えっ、ちょっと待って。このままケンカが始まってしまうの？

慌てふためき、目をキョロキョロとさせた。

すると、それまで後方に控えて事の成り行きを見守っていた長髪の男性がスッと前に出る。

「よさないか、ラウル」

肩に手をかけ冷静に諭すと、ラウルと呼ばれた彼はパッと手を離す。

「レイモンド、もっと早くラウルを止めてくれよ」

首を締め上げられていた男性はゴホゴホ咳き込みながら、喉を押さえる。

「アレン、からかいすぎだぞ」

この場を止めてくれた男性が救世主に見え、ホッと胸を撫で下ろした。

「で、どこのご令嬢なんだい？　正式に僕たちに紹介してくれないか」

救世主は微笑みながら私に視線を向ける。

ラウルと呼ばれた男性が口を開く。

「名前は――知らん」

「知らん⁉」

二人の声がハモった。そのままこそこそと相談を始める。

「どうしよう、ラウルが名も知らぬ女性に声をかけたみたいだ」

「ああ、やるな。奥手だと思っていたのに。もしや暗闇に連れ込むつもりだったのか？」

「お前たち、全部聞こえているからな」

こめかみを引きつらせた彼の、怒気を含む声が響く。

私はここで、ようやくピンときた。

もしかしてこの三人はすごーく仲良しなんじゃないかしら。単にじゃれ合っているだけで。

私の視線に気づいた一人が、ラウル様の上着の裾を軽く引っ張った。彼は私を視界に入れるとハッとした様子を見せ、小さく咳払いする。私の存在をすっかり忘れていたらしい。

「ラウル・フェンデルだ」

その名前は、つい先ほど耳にしたことを思い出す。

確か妹君が国王陛下の甥の婚約者で、将来有望な独身貴族のうちの一人だって。

「アステル・グレインです」

遅れて自己紹介をしあうと、そっと頭を垂れた。

どうしよう。

そんな高位貴族の有名人と取引をすることになった事態に、今さらながら緊張してきた。

「初めまして、アステル。僕はラウルの友人のアレン・シュカイザー。こっちの長髪はレイモンド・ドルバーチ」

聞き覚えのある名前にピンときた。ついさっき、広間にいた女性たちの会話に出てきた三人組じゃないか。

親しみやすい笑みを浮かべながら自己紹介をしてくれたアレン様は、先ほど首を絞めあげられていた男性だ。私より少しだけ背が高く、男性にしては小柄だ。童顔で目がくりくりとしていて可愛らしい顔をしている。シュカイザーということは、この家の嫡男なのだろう。

対するレイモンド様は艶のある長い髪を一つにまとめ、スッとした鼻筋に端正な色気のある顔だちだ。

それぞれ違う魅力を持つ三人はなるほど、令嬢たちが噂していただけある。どこにいても注目を集めるだろう。

「で、アステルは、ラウルとどういった関係だい？」

ズイッと一歩踏み出し、私の顔をのぞき込んでくるアレン様。その瞳は好奇心の塊のようにキラキラと輝いている。

そこで私はこれまでの経緯を説明する。

ペットサロンを開きたいこと。そこでラウル様の飼い犬のしつけに成功したら、事業の支援者になっていただけるという取引をしたことを。

「なるほど」

アレン様は両腕を組み、うなずいている。

「楽しそうなことをしているじゃないか、ラウル」

レイモンド様がラウル様の背中を叩く。バッチーンと痛そうな音が周囲に響く。

「しかし、お前から女性にそんな取引を持ちかけるとはな。驚いたぞ」

レイモンド様は楽しそうに笑う。

「そっ、それは、犬のためだ」

「これはぜひ、俺たちも見守らなければな」

そこでアレン様もはしゃいだ声を出す。

「そうだよ、あのラウルが自分から女性に声をかけ、取引を申し出るなんてびっくりだ」

レイモンド様とアレン様の二人に囲まれ、ラウル様は始終ムスッとした顔をしている。

この三人、本当に仲がいいのだわ。

微笑ましい気持ちで見つめる。

「お姉さま〜〜」

その時、暗闇から聞き慣れた声がした。

しかもいつもより数オクターブ高く、甘ったるく鼻にかかる声。

足音と共に、姿を現したのはレティだった。

「もう、お姉さまったら、こちらにいらしたのね」

タタタッと足早に近寄ってきたレティは私の腕を強引に引っ張ると、馴れ馴れしく腕を絡ませた。

えっ、どうしたの？

抱いている子猫を慌てて片手で抱え直す。落としては大変だ。

こんなにべったり甘えられたことなどなかったので、正直戸惑う。瞬きを繰り返してレティの顔をジッと見つめる。

「もう、お姉さま、探したのよ！」

上目遣いで私を見上げるが、この態度の変わりようが不思議でならない。

「あなた、私に話しかけるなって――」

最後まで言いかけた時、足の甲に激痛が走る。

「痛っ!!」

「あら、ごめんなさい。暗くてよく見えなかったわ」

ヒールの高い靴で踏まれて、悶絶した。絶対、わざとだ。

ここでようやく悟った。

余計なことを喋るな、というレティからの忠告だ。

「お姉さまは舞踏会とか華やかな場が苦手だろうから、心細いかと思って心配していたのよ」

側に近寄らないでと牽制していたのは、どちら様でしたっけ?

ウフッと小首を傾げて微笑むのは、ギャラリーの男性たちに自分をよく見せたいがためだろう。

あ～、舞踏会でセドリックよりもいい男を見つけると意気込んでいたもんなぁ。

大方、チャンスとばかりに食らいついてきたのだろう。我が従妹ながら、なんたる貪欲さ。

「初めまして。お姉さまの従妹のレティですわ。レイモンド様、アレン様、ラウル様」

グルッと皆の顔を見渡し、にっこりと微笑む。

いきなり登場し、グイグイと輪に入ってきたレティにレイモンド様とアレン様が苦笑いをして見えるのは気のせいか。

「あら、可愛らしい猫ちゃん」

レティは猫撫で声を出し、私が抱えている子猫にいきなり手をスッと伸ばす。

「シャーッ‼」

その勢いにびっくりした猫は、猫パンチを繰り出した。

「きゃあ‼」

レティは驚いた弾みで後方へよろけた。足を滑らせ、あっ、と思った時には遅かった。

噴水に頭から飛び込んだ。激しい音と共に水しぶきが上がる。

「レティ‼」

子猫を地面に下ろすと、すぐさま手を摑み、ひっぱり上げた。

「大丈夫⁉　どこも痛いところはない⁉」

「ヒッ、ヒック‼」

突然のことだったので、レティは驚いてシャックリを繰り返した。

さすがにどこかぶつけていないかと心配になる。

レティは自分の身に起きたことが理解できないようで、放心状態だ。

しゃがみ込んだ私はレティの両肩を摑み顔をのぞき込むと、彼女はみるみるうちに頰を赤く染めた。これはさすがに可哀そうだ。

その時、スッと横からハンカチが差し出された。顔を上げるとラウル様が気遣う視線を投げている。

「これでは足りないだろうが。ないよりはマシだろう」

「ありがとうございます」

すぐさまハンカチを受け取り、レティの顔を拭く。

「あわわわ、大丈夫⁉　早く着替えないと。風邪を引いちゃう‼」

動揺したアレン様はパニックになっている。

私はスッと立ち上がると、三人にそっと頭を下げた。

「今日はこれで失礼します。いろいろありがとうございました」

レティがこの状況では、この場に留（とど）まるわけにはいかない。それに本人もずぶ濡（ぬ）れの姿を人前にさらしたくはないだろう。

「アステル嬢、その子猫は私が預かろうか？」

名乗り出たのはレイモンド様だった。

えっ、でも……。

信頼していないわけではない。だが、猫をどうするつもりだろう。

「広間に行き、誰か飼いたい令嬢がいないか聞いてみるとしよう」

レイモンド様は軽くウインクをした。

「わー、それがいいかも。レイモンドの気を惹（ひ）きたい令嬢が飼うと言って争奪戦になるさ。猫を理由に屋敷にレイモンドを招待できるし」

「その方が、悪いようにはならないだろう」

ホッとして胸を撫で下ろす。本当は連れて帰りたい。だが、叔父夫婦になにを言われるかわからない。

　私は猫を再び抱きかかえる。

「元気でね、いい人にもらわれて幸せになってね」

　最後に頬ずりをして別れ、あとはレイモンド様に託した。

　背後でレティがくしゃみをしている。急がないと風邪を引いてしまう。

「慌ただしくてごめんなさい。では皆さん、お先に失礼します」

　私はぺこりと頭を下げ、レティを引き連れて退散した。


「最ッ低!!!!」

　二人きりになった途端、案の定レティは豹変(ひょうへん)した。

　先ほどまでの大人しく甘ったるい声を出していた従妹はどこにもいない。今や荒ぶっていて手がつけられない。

「やっぱり猫なんて大っ嫌いよ!!　私の出会いを邪魔するなんて!!」

　愚痴が止まらないレティの肩を抱きながら、馬車の駐車場を目指した。

「猫だって驚いたのよ。引っかかれなくて良かったじゃない」

　なんとかなだめようとするが、逆効果だったようだ。

　鋭い眼差しでキッとにらんできた。

「なんなのよ、お姉さま!!　それにずるいわよ、自分ばっかり!!　いつの間に、あの方たちと仲良くなったのよ。そんなだっさい流行遅れのドレスのくせに‼」

――このドレスを貸したのはお前な。

心の中だけで、ツッコんでおいた。

心配したが、ここまで悪態をつけるなら大丈夫だ。だが数日は機嫌が悪いだろうから、近寄らないことにしよう。

やがて馬車の駐車場にたどり着く。

馬車の扉を開けて、先にレティに乗るように促す。

プリプリと怒りながらもレティがズイッと身を乗り出した。

自分も乗ろうと足をかけた時、レティは馬車に乗り込んだ。

「これもすべてお姉さまのせいよ‼　歩いて帰ってくればいいわ。今日のことを反省しながらね‼」

ドンッと胸を押され、よろめいてそのまま地面に倒れ込んだ。

そして扉が勢いよく閉められ、カチャリと鍵のかかる音が聞こえる。レティは内側から鍵をかけたようだ。

「えっ……」

突然のことだったので、呆気に取られる。

レティは馬車の窓から顔を出すと私を見て、べーッと舌を出している。

馬車の車輪が回り、進みだした。

そこで我に返る。

このままでは置いていかれてしまう！

まだ間に合う、追いかけよう‼

下を向き急いでドレスの裾をたくし上げ、パッと前を向く。

――しかし馬車は遠く走り去ったあとだった。

嘘でしょ‼　置き去りか‼

呆然とし、その場で立ち尽くした。

まさか歩いて帰れというの？　この距離を？　無理があるだろう‼

そもそも道もわからない。

この国の治安は良いと言われているけれど、女一人ドレス姿で夜の街を歩いていたら、どんな危険な目に遭うかわからない。

ヒューッと吹く、夜風が冷たく感じる。さっきよりも冷え込んできた。

唖然としたのち、怒りで肩が震えてくる。

いつものことだと、軽く流してやるには度がすぎている。叔父夫婦を筆頭に、レティを叱る者がいない。その結果、ますます本人がつけあがるのだ。

レティの精神年齢が低くて自分本位なところは、周囲の甘やかしが原因でもある。

「さすがに性格悪すぎるでしょ‼」

耐えきれず拳を振り上げ、夜空に向かって叫んだ。

「クッ――」

その時背後から音が聞こえて、ハッと振り返った。

そこにいたのはラウル様だった。口元を押さえ、笑いを堪えている。

「なにをしているのですか？」

まさか見られているとは思わなかった。いつからいたのだろうか。それでいてこの状況を見て笑っているなんて、失礼な人だわ。人が困っているのに楽しいか。

ムッとして唇を尖らせた。

「もしや、走って追いつくとでも思っているのか？」

ラウル様は私がたくし上げた裾を顎でしゃくる。

「……私、足の速さにはちょっと自信がありまして」

「無理だろう。下を向いている間に、馬車は速度を落とすこともなく、走り去ったぞ」

まるで私の行動が無駄だったと言わんばかりの勢いだ。

たくし上げていた裾を元に戻し、ついていた汚れを叩いて落とす。

「とんだ仕打ちを受けたな。肩を震わせ泣いているかと思って声をかけるのをためらったが、そんなことはなかったな」

ラウル様がククククッと笑いを噛み殺す。

「いいのですよ、もう好きに笑ってください」

「いつもこうなのか？」

「ええ、残念ながら」

ケロッと返答して肩をすくめた。

ラウル様が妹君とはどういう関係を築いているのかわからないが、少なくとも私たちのようではないだろう。

「ご友人の方たちが待っているのではないですか？」

ラウル様も私に構っている時間がもったいないだろうに。私には一人になり、このたぎる怒りを冷ます時間が必要だ。

「――送ってやろうと思ったのだが」

「えっ⁉　送ってくださるのですか⁉」

唐突の申し出に食らいついた。

なんてありがたい‼

両手を組んで懇願する。

ラウル様は私の身の変わりように若干引いているのか、一歩後ずさった。

「ああ、さすがにこのまま見過ごすわけにはいかない」

「さすがラウル様‼　お優しい方なのですね‼」

手を揉みながら、おべっかを使う。

「さ、さすがに、これから取引をする相手になにかあっては、悪いからだ‼」

ラウル様は私をジッと見つめたのち、サッと顔を逸らす。

心なしか、ほんのりと耳が赤いように見えた。気のせいかしら。

「はい、そうですね」

もうなんだっていい。このピンチを助けてくれるのなら感謝する。さっき笑われたことも水に流す。

ラウル様はスタスタと歩き、一台の馬車の前で立ち止まる。

黒塗りで馬の体格も良く、とても立派なものだ。私が乗ってきたグレイン家の馬車とは比べ物にならない。

すごい、フェンデル家はお金持ちなんだろうな。

ラウル様は扉を開けるよう従者に命じると、私にスッと手を差し伸べる。

「………」

えっ、どうしたのだろう。

無言で差し出された手をジッと見つめた。

やがて痺れを切らしたラウル様が、ぶっきらぼうに言った。

「乗らないのか?」

「いえ、乗りますけど」

そこでようやくハッと気づく。

もしやエスコートしてくれているのか?

「ありがとうございます」

やっぱり高貴な生まれの方は幼い頃からマナーを教わっているのだろう。

礼を言い手を差し出すと、ラウル様が手を握る。グッと取られ、そのまま引っ張られる体勢になる。

ちょっ、力が強いって。

思わずよろめいたのが、相手に伝わったらしい。

「すまない。力加減を誤った」

マナーとして習ってはいるけれど、実践したことはないのだろうか。ふと思ってしまった。

そのまま馬車に詰め込まれ、ふかふかな座席に腰を下ろす。

真正面にラウル様が腰かける。

ラウル様が座った途端、馬車の中が狭く感じた。彼の体格がよすぎるからだ。

改めて見ると男らしい人だと思う。

キリッとした眉に、やや吊り上がり気味の瞳。口を固く結んでいる表情は威圧感がある。

「行先はグレイン家でいいのだな?」

「はい、よろしくお願いします」

深々と頭を下げる。

「私の帰りを寝ないで待っている家族がいると思うと、気が気じゃないので。でもこうやって、早く帰れて良かったです」

「そうか。家族とはいいものだな」

両腕を組み、ラウル様はしみじみと口にした。

「そうです、大事な家族です。ドロシーという猫なのですが、今度紹介しますわ」

「……っ、猫か!?」

ラウル様はガクッと馬車の座席から崩れ落ちそうになった。

「あら、猫も大事な家族ですわ」

ドロシーは私のベッドで毎晩一緒に寝ているのだ。今頃、私の帰りを待っているだろう。それに、ユリアも遅くなったら心配するはずだ。

「それはそうかもしれないが……人間の家族だって心配するだろう」

ラウル様からの問いかけに、しばし宙を見上げて考える。

「いえ、レティさえ戻ってくれれば、あとは寝ているんじゃないですかね?」

叔父夫婦が私を心配し、迎えを寄越すことはないだろう。

あっけらかんと答えるとラウル様は瞬きをした。我が家の事情を不思議に思っているのかもしれない。

それよりも、気になることがある。

「ラウル様の犬のことを教えてください」

大型犬だとさっき聞いたが、どんな犬なのだろう？　毛並みは何色でどんな遊びが好きなのかしら。

これから触れ合えると思うとワクワクしてくる。

「名前はイス」

「素敵な名前ですね‼」

呼びやすくて親しみやすい。いい名前だ。

ラウル様は深いため息をつく。

「まだ警戒しているのか、全然懐かない。だから説明のしようがない。語るより、実際会ってもらった方が早い」

「そうなのですね。では、楽しみにしています」

「三日後はどうだろうか。まずイスに会ってくれ。迎えを寄越す」

「はい、わかりました」

馬車の中でこれからについて取り決めていると、あっという間に屋敷が見えてきた。

レティの馬車も玄関に横付けされている。私よりちょっと早めに到着したのだろう。

嫌だなぁ、今帰ったらレティと鉢合わせになる。

叔父も出迎えているだろうから、顔を合わせることになる。

面倒なことにならないといいのだけれど。

やがて馬車がゆっくりと速度を落とす。

玄関に横付けされ、車輪が止まる。

「送っていただき、ありがとうございました。では三日後、お待ちしております」

深々と頭を下げた。

「待て」

扉に手をかけたところで、いきなり大きな手で阻まれた。

「家人に挨拶をしてから帰るとしよう」

ラウル様の申し出に私は焦った。

「ええっ、いいですよ、そこまでご迷惑をおかけするわけにいきませんし！」

ここまで送ってもらっただけで十分だ。

両手を振って遠慮する。だが彼は引かない。

「誰に送ってもらったという話になるだろう。それに最後まで送り届ける義務がある」

この人、変なところですごく真面目だな――。

固く引き締められた口元からは、引く様子が見えない。

「わかりました」

フェンデル家といえば、格上の相手だ。さすがに叔父も変な態度を取らないと思いたい。

「では行きますか」

ちょっと心配だけど決心して馬車の扉を開ける。

「――顔を出した方が今後の牽制にもなるだろう」

低くボソッとつぶやく声が聞こえたので思わず振り返る。

「なにか言いました？」

「いや」

首を振るラウル様を連れ、屋敷の前に降り立った。

「ラウル様は、ちょっとここでお待ちください」

扉の脇に立ってもらう。

まずは先に中の様子を確認しよう。そっと扉を開けると、不機嫌顔の叔父が目に入った。叔母も真っ赤な顔でプリプリと怒りを露わにして、その隣には泣きべそ顔のレティがいる。

叔父と目が合うと、彼は目を吊り上げた。

「アステル‼」

あちゃー、早速見つかった。タイミング悪ッ。

「どこへ行っていた‼」

どこって舞踏会だけど。

つい三時間ほど前に屋敷を出たばかりだけど、もう忘れたのか。

叔父は顔を真っ赤にして怒っている。

「お前はレティをのけ者にし、あげくには水の中へ突き落としたそうだな」

えっ？　どうしてそうなった。

叔父は私を指さし、唾を飛ばしながら罵声を浴びせる。

「それは違うわ。レティが足を滑らせて噴水に落ちたのよ」

「またそんな嘘を言いおって‼　素直に認めたらどうだ。本当に可愛くない‼」

一方的に決めつけてくるが、どうせ私がなにを言っても聞く耳を持たないだろう。だが言わずにはいられない。

「違います‼」

レティの側に心配そうに付き添う叔母が、鋭い視線を私に投げる。

「アステル‼　レティをこんなに泣かせて‼　どういうつもりだい⁉」

すごい剣幕で私に怒鳴った。

「おお、レティ、可哀そうに。とっても楽しみにして出かけたのに、こんなに汚れた格好になって」

レティを抱きしめ、背中をそっと擦っている。

大方レティは屋敷に着くやいなや、叔父夫婦に泣きついたのだろう。二人に慰められたレティは私を見て、フフンと鼻で笑った。

あ～はいはい。私に対するうっぷんを、そうやって晴らしてさぞや気分がいいでしょうね。

「そもそもお前はどうやって帰ってきた？　もしや賃金を払って馬車に乗ってきたのではあるまいな？」

でたよ、この守銭奴。そもそも私にそんなお金も持たせていないくせに。どうやって払えるというのだ。

「――私が送ったのだが」

その時、それまで黙って外にいたラウル様が、叔父の前に姿を現した。

まるで私を庇(かば)うように前に立つ。

「あ、あなたは……」

彼の姿を見た途端、叔父はハッと息を呑んだ。

足のつま先から頭のてっぺんまでジロジロと無遠慮に眺めてから、視線をさまよわせる。

きっとラウル様の身なりや装飾品を見て値踏みしたのだ。そして悟ったのだろう。高級な物を身に着けている、すなわち身分が高い相手だと。

途端に弱気な姿を見せる叔父がちょっと笑える。

弱者に強く、強者に弱い、それが叔父。

「ラウル・フェンデルだ。お初にお目にかかる。グレイン伯爵」

「ふぇ、フェンデル侯爵家のラウル様!?」

叔父の目玉が飛び出んばかりに見開かれた。これは相当驚いている。

「ど、どうしてうちのアステルと一緒に……」

目をキョロキョロとさせる叔父は、かなり動揺している。叔母も瞬きを繰り返し、口をポカンと開けている。

「ああ、彼女を送ってきた」

チラッと私に視線を投げたあと、放心しているレティに向かって言った。

「あの場で彼女を置いていくのはいただけない」

その声は厳しかった。

滅多に叱られたことのないレティが真正面から厳しい声をかけられ、目を瞬かせている。

最初、自分が咎(とが)められたと気づかなかったようだ。

叔母の胸の中でレティは大きく口を開けた。しばらくすると事態を呑み込んだようで、真っ赤な顔になる。唇を強く嚙みしめ、頰をふくらませた。

「彼女のせいで水に濡れたのではない。不幸な事故だ。責めるのは間違っている」

ラウル様は叔父に向かって言ってくれた。

私を庇ってくれた。

そう思うと胸の奥が熱くなった。

私のことを庇ってくれる家族はいない。なにか悪いことがあると、それはいつも私のせいにされ、弁明しても聞く耳を持たないので、あきらめていた。

使用人たちも彼らの機嫌を損ねることは怖いので、皆が黙って見て見ぬふり。

ただ一人、ユリアだけが私のために怒ってくれた。だが、変に逆らって彼らに目をつけられることだけは避けたかった。気持ちは嬉しいけれど大人しくしているようにお願いしていた。

それなのに初対面のラウル様が守ってくれるなんて——。

この人、威圧感もあってパッと見は近寄りがたくて怖いイメージだけど、すごく公正で優しい人なのかもしれない。

そんな印象を持った。

叔父は腰を低くし、低姿勢だ。先ほどまでの勢いはどこへいったのか。

「はっ、はい。わかりました」

叔父の返事を聞き、ラウル様は静かにうなずく。

叔母がズイッと前に出た。

「ラウル様、狭い屋敷ですが、どうぞ紅茶でも飲んでいってください。今準備しますので」

「いや、夜も遅いので、これで失礼する。見送りもいらない」

叔母の誘いをあっさり断り、クルリと踵を返す。

私は扉から出て行こうとするラウル様を引き止めた。

「あっ、あの……ありがとうございました」

深々と頭を下げる。

「ああ。ではな」

ラウル様は手をサッと上げる。そのまま馬車に乗り、あっさりと去っていった。


「アステル‼　ラウル様とどういう関係だ⁉」

「いったいどこでお知り合いになったんだい⁉」

彼が帰った途端、案の定、叔父と叔母から問い詰められた。

「あの方とは今日が初対面です。ただ、帰りの足がなくなった私を送ってくださった親切な方ですわ」

本当は取引の相手だけど、今の段階では言うべきではない。妨害されても困るからだ。

「本当にそれだけなのか？」

叔父は私とラウル様との間に、なにかあると怪しんでいるようだ。

若干、いつもより下手に出ている。

「なんなの、失礼な人‼」

レティは初めて人前で叱られたことでプライドを傷つけられ、地団駄を踏んでいる。その横で叔母が必死になだめている。

「夜も遅いので、先に部屋に戻りますね」

これ以上、ここで集まっていても意味がない。さっさと切り上げるのみだ。

「アステルまだ話が終わっていないぞ」

叔父は不満そうな素振りを見せた。

「親切に送っていただいただけです」

ピシッと言い放つと、そのまま自室に戻った。


「ふぅ……」

部屋に入った途端、気が抜けた。

「ああ、疲れた」

そのままベッドに横になりたかったが、ドレスが皺になるのは困る。

脱ごうとしていると扉がノックされ、ユリアが顔を出した。

「お嬢さま、お帰りなさいませ」

腕にはドロシーが抱かれている。私が留守の間、彼女の側にいてくれたのだろう。

「ただいまユリア、ドロシー」

ユリアからドロシーを受け取り、そっと腕に抱きしめる。

「ニャー」

ドロシーが首を伸ばしてきたので顔を近づけると、頬をペロッと舐められた。

ああ、可愛い。猫に顔を埋め、その香りを堪能する。スーハースーハーと、十分嗅いで満足したところで、ガバッと顔を起こす。

「よし、元気注入完了！」

ドロシーの可愛らしさに今日の疲れがだいぶ癒された。

「ユリア、ドレスを脱ぐのを手伝って」

「承知いたしました」

慣れた手つきでユリアは手伝ってくれる。

「どうでした？　実りのある出会いはありました？」

「それがね、大変だったのよ!!　聞いてくれる？」

私はユリアに今日の出来事を興奮しながら喋った。

「素敵なお相手と出会えて良かったですわ。取引はきっと上手くいきますよ。お嬢さまは動物が大好きですから」

「ありがとう。頑張るわ」

「それでお相手はどちらの方なのですか？」

「フェンデル家のラウル様よ」

「まぁ‼」

名前を教えるとユリアが小さく叫んだ。

「フェンデル家といえば、妹君のセレンスティア様は国王様の甥、アルベルト様の婚約者です。ラウル様本人の話題も耳に入っております」

ユリアが興奮気味に手を大きく振る。やっぱり有名な人なんだ。

「どんな方なの？」

ここは私もリサーチしておきたいところだ。

「ラウル様の見た目は近寄りがたいけど、屋敷で働く使用人たちにもお優しいと聞いております。頑張っている使用人をちゃんと見ていて、労い(ねぎら)の言葉をかけてくださるそうで」

良かった、これから取引する相手に悪い評判がなくて。

まずは安心して胸を撫で下ろす。

「お話を聞くと、優しい方じゃないですか」

「そうね、わざわざ私を送ってくれたし」

「屋敷に顔を出されたのも意図的だと思いますよ」

きっぱりと言い切ったユリアに首を傾げた。

「そうなのかしら？」

「これは憶測ですが――ご自分が顔を出せば、アステル様に対する風当たりも若干弱まると思われたのでしょう。気遣いですわ」

わざわざ馬車を降りて叔父の前に顔を出してくれたのは、私のためだったのか。

ユリアに言われて納得すると同時に胸の奥が温かくなる。

険しい表情で仏頂面だけど、初対面の私にそんな対応をしてくれるなんて。

優しくされたことに気づくと、なんだかドキドキしてきた。どうしたのだろう、私。疲れちゃったのかしら。

「と、とにかく、無事に取引に値する相手だと認めてもらうために、これから頑張るわ」

意気込みを口にし、ベッドに横になる。ドロシーはいつもの定位置に寝そべる。

疲れていたせいか、すぐに眠りについた。


それから三日後、我が家の前に一台の馬車が停車した。

急な来客かと慌てふためく使用人たちに告げる。

「私のお客様よ。ちょっと出かけてくるから」

面倒くさい相手に見つかる前に、そそくさと馬車に乗り込んだ。

馬車に揺られてしばらくすると、立派な屋敷が見えてくる。

大きな門構えに城壁は高い。色とりどりの花が咲き誇る庭園の中心にそびえたつ格式高いお屋敷、フェンデル家だ。

馬車を降りて顔を上げる。

窓の多さに驚いて口をあんぐりと開けた。

すごいわ、これだけ部屋数が多ければ掃除するのも大変だろうに。

そうこうしていると玄関の扉が開き、中に招かれる。

迎えてくれたのは初老の執事だった。

「アステル様ですね」

「はい、そうです」

そっと頭を垂れて挨拶する。

「私はフェンデル家に仕えている執事のマーティンです。ラウル様より部屋に案内するよう言付かっております。こちらへどうぞ」

エントランスフロアから中央の階段を進み、右手に曲がる。そのまま真っすぐ進むと窓からは広大な庭が見える。花の香りが鼻孔をくすぐる。

屋敷もさることながら庭園も広くて立派だった。

やがてマーティンさんは一室の前で立ち止まる。

「ラウル様、お客様をご案内しました」

「入ってくれ」

低い声が扉の奥から聞こえた。マーティンさんは扉に手をかけると、ギィと音を出して開いた。

にっこりと微笑みながら中に入るように促される、今さらながらちょっと緊張してきた。

私は深呼吸をすると一歩踏み出した。

足を踏み入れた先は広い部屋。全体的にモノトーンで落ち着いた色合いだ。

革張りのソファにグレーの絨毯、大理石のテーブル。暖炉があって壁には剣が飾られている。

書斎なのだろうか。分厚くて難しそうな本がずらりと並んでいる。

彼は机に向かい、椅子に座っていた。

私が部屋に入ると顔を上げ、持っていたペンを机に置いた。仕事でもしていたのだろうか。

目が合ったので深く頭を下げる。

「本日はお招きありがとうございます」

「ああ」

ラウル様は、さして興味もなさげな声を出す。ゆっくりと椅子から立ち上がり、机の前まで出てくる。

「また先日は送ってくださり、ありがとうございました。重ねてお礼申し上げます」

「……別に、当然のことをしたまでだ」

相手はぶっきらぼうに返事をした。

「それでも助かりました」

ニコッと微笑み感謝を告げる。

そんな私にチラッと視線を投げたラウル様は咳払いする。

「本題の件なのだが——」

「どこにいらっしゃいますの⁉　例のワンちゃんは？？」

私はソワソワして部屋を見渡した。しかし、それらしき可愛い生き物は見当たらない。

「もしかして、ここに隠れているとか？」

隠れんぼするなら、見つけちゃうもんね。

ガバッと地面に膝をつき、大理石のテーブルの下をのぞく。

だが、いない。

「落ち着け」

若干引き気味の声が聞こえ、我に返る。慌てて立ち上がった。

「すみません、先日お聞きした時から楽しみでして」

そうだ、大型犬だというしモフモフで可愛いんだろうな。ブラッシングしたら喜ぶかしら。撫でてあげたら仲良くなれるかな。

「アレは別室にいる」

クイッと顎で指示したラウル様。その言葉を聞き、思わず反論する。

「アレって、なんのことですか？　まさかワンちゃんのことじゃないですよね？」

ツカツカと目の前に詰め寄った私の剣幕に、ラウル様はウッと息を詰めた。

「アレなんて呼び方ひどすぎます‼」

背が高いラウル様に少しでも近づいて説教しようと背伸びした。

ラウル様は机と私に挟まれ、逃げ場がない。グイグイと私に詰め寄ってこられ、机に乗り上げそうだ。

「信頼関係を築きたいのなら、名前を呼ぶべきです!!」

「わかった、わかったから!!」

ラウル様が手で私を制する。

「まずは落ち着いて離れてくれ」

あっ、近すぎた。

頬を赤く染めるラウル様に気づき、急いで後方に三歩下がった。

「失礼しました」

動物のことになると、すぐに熱くなってしまうから困る。

ラウル様は襟を正すと、姿勢を伸ばした。

「信頼関係を築きたいのでしたら、常に名前で呼ぶことです。ラウル様もお友達を『アレ』呼ばわりはしませんでしょう?」

「ああ、わかった」

「ワンちゃんもその方が喜ぶと思います」

「……自分はいいのか」

「はい?」

不満を口にする相手に首を傾げる。

「ワンちゃん、なんて変な呼び方をしているが」

そこで胸を張り、ビシッと言い張る。

「私はまだ挨拶をしていないので、名前を呼ぶ資格がないのです‼　直接会って挨拶を交わしてからこそ、親しみを込めて名前で呼ぶことが許されるのですわ」

「なんだ、それは」

ラウル様が呆れた声を出す。

「言葉は通じずとも想(おも)いは通じますから‼」

私の勢いを目の当たりにしたラウル様は口を開け、瞬きを繰り返した。

あ、今絶対、変なヤツだと思われている。

取引を言い出したこと、後悔し始めたらどうしよう。

「――こっちだ」

ラウル様は私の心配をよそに、背を向けた。聞かなかったことにするらしい。そのままスタスタと続き部屋になっている隣室の扉前で足を止めた。

だがラウル様は扉を開けることを若干躊躇(ちゅうちょ)しているように見えた。

ドアノブに手をかけたまま動きをピタリと止め、しばし考え込んでいる。

「どうしました？」

痺れを切らして、脇からヒョイッと顔をのぞかせる。

「いや……。今日は部屋がどんな有様になっているかと思うと気が進まない」

眉間に皺を寄せて渋る相手を前に、あっけらかんと言い放つ。

「なーんだ、そんなことですか。いいから早く開けちゃいましょう」

「あっ‼」

扉を開けた先は、広い部屋。正直、動物に与えるにしては贅沢なぐらいだ。

すごい、私の部屋の三倍ぐらいは広いかもしれない。こんな一室を動物に与えるなんて、さすがフェンデル家はお金持ちだわ。

だがすぐに我が目を疑う。

高級そうなレースのカーテンはボロボロになって引き裂かれている。カーテンレールも今にも床に落ちそうだ。きっとカーテンを口に咥えて力任せに引っ張ったのだろう。

無残にもソファも、ところどころ皮が剝がれている。クッションは穴が開き、羽根が舞っている。

「またか‼　なんど新調しても、この有様か」

ラウル様は頭を抱えている。

その時、なにかが部屋の中央からムクリと起き上がる。

あっ、あれは、もしかして――‼

期待に胸をふくらませ、一歩足を踏み出した。

「こんにちは、私はアステル。あなたがイスね」

はい、これでお互いの自己紹介は終了。

「今日からあなたの教育係になるの。お顔を見せてちょうだい」

抱きつきたくなるほど魅力的な広く、丸まった背中、真っ白でフワフワした毛並みは、洗いたてのモップのようだ。

だがイスは、こっちに背を見せたままだ。そして尻尾を勢いよく、ブンと振った。

「まあ、尻尾でお返事できるのね。おりこうさんね」

はしゃいだ声を出すとイスの大きな耳がピクリと動く。

やがてゆっくりとこちらに顔を向け、念願の顔合わせとなった。

耳は垂れていて、どっしりとした体つき。つぶらな瞳は垂れ目。ちょっと潰れている鼻をヒクヒクと動かした。

「可愛い‼　なんて愛嬌のある顔をしているの‼」

大きなブサカワ犬‼

うわぁうわぁぁぁ、可愛い、可愛い、なでなでしたい、モフモフしたい――――‼

私の衝動を感じ取ったのか、イスは一歩後ずさった。

表情から『なんだこいつ。変なのがきた』と感じているようだ。

その困惑した仕草も素敵でたまらない。

もう衝動に駆られて抱きつきたい‼

たまらず片足を踏み出した時、背後からグッと首根っこを摑まれた。

「落ち着け」

ラウル様の呆れた声が頭上から響く。

私としたことが、我を忘れてしまうところだった。警戒している初対面の犬に抱きつこうなんて、あってはならない行為だ。

人間だって初対面の相手にいきなり抱きつかれたら恐ろしいだろうに。ケンカを売っていると思われてガブッと噛まれても文句は言えない。

胸に手を当て、深く息を吸い込む。

落ち着くのよ。焦ってはいけないわ。まずは仲良くなるところからね。

しゃがみ込み、イスと目線を合わせる。

イスはつぶらな瞳で私をじっと見ている。微動だにしない。

きっと見極めているのだ。

いきなり部屋に入ってくるなり、叫んだりはしゃいだりしている奇妙な態度を取る私が、不審人物なのか。それとも信頼に値する人物なのか——。

まずは敵意がないということを知ってもらわないといけない。

「イス、どうしたの？　なぜ、そんなにご機嫌斜めなの？」

精いっぱい優しい声を出し、イスに問いかける。

きちんとしつけされた犬なら、ここまで部屋を荒らしたりしない。もしくはこの惨状を見るに、よほどストレスがたまっているのだろう。

「犬に話しかけるとは、頭は正気か」

私を変人のように扱うラウル様にムッとする。

「ちょっと、黙っててください」

顔を上げ、キッとにらむ。

「ちゃんと人間の言葉は伝わっていると先ほども言ったでしょう」

ラウル様はウッと言葉を呑み込んだ。

立ち上がり、目の前で腕を組む。

「相手が自分をバカにしていると感じれば、この子もあなたをバカにする。相手に敬意を持って接すれば、相手もあなたに同じように返します。要は鏡だと思ってください」

これは動物相手だけじゃなく、人間相手にも言えることだと思う。相手のことが嫌いだと、その相手も自分のことが嫌いな確率が高い。

好意を持っている人は、相手も自分に対して好意を持っている。そういう気持ちは言葉にせずとも、伝わるものだと思っている。特に動物は敏感に察する。

「おいで、イス。私は君と仲良くなりたいの」

再び腰を折り、イスに向かってそっと手を差し伸べた。決して無理やり触れようとはせず、相手の反応を待つ。

「…………」

イスはこちらをジッと見つめたあと、フンと顔を逸らす。

「まあ、なんて高貴な態度!!」

プライドが高い姿は気高く凛々(りり)しい。

「そうよ、簡単に信用してはいけないわ。可愛いから誘拐されちゃうかもしれないし、警戒心は必要よ」

顎を上げ、そっぽを向くツンな姿も可愛らしい。

「では、今の二人の関係が知りたいので、ラウル様が名前を呼んでもらえますか？」

「ああ、それぐらいなら、簡単だ」

ラウル様はツカツカとイスに近づくと、そっとしゃがみ込む。そして目線を合わせ、名を呼ぶ。

「イス」

「…………」

だがイスは微動だにしない。聞こえているはずなのに。

「イス！」

ラウル様が先ほどより大きな声で、再度呼びかけた。だがイスは、チラッと視線を寄こしただけ。

イスは後ろ足で耳をかく。まるで『うるさい』と訴えているようだ。

「おい、こっちを見るんだ」

ラウル様が強い口調で言いながら、ぐっと手の平を差し出す。

お手、を見せてくれるのだろうか。

イスはジッとラウル様の顔を見つめたあと、前足を伸ばす。

あっ、お手をするのかしら？

ドキドキして見守っていると、伸ばした前足をラウル様の頭上にドサッと置いた。

ラウル様は頭を踏みつけられている。

「くっ、イス……‼」

私が呆気に取られて目を丸くしていると、次第にラウル様は顔を真っ赤にした。

だが、当のイスにはちっとも響いていないようだ。あくびなんてしている。

だいたい頭の上に手を乗せる行為は、完全なる犬のマウンティングだ。

これはよろしくない。イスは飼い主であるラウル様よりも、自分の立場が上だと思っている。上下関係が出来上がっている。

「仕方ない、あの手段を使うか」

ラウル様はすっくと立ち上がると、戸棚を開ける。そこにあった箱の中からガサゴソとなにかを取り出す。

「ほら。これをやるから機嫌を直せ」

手にしていたのはビスケット、つまり犬のおやつだった。

その時、イスの目がキラリと光る。それと同時にラウル様に飛びかかる。

「わっ、そうがっつくな‼」

ラウル様の手から箱ごと奪い取ると、一瞬で食べ尽くした。

一連の様子を見てわかったことがある。

「ラウル様、言うことを聞かない時は、いつもおやつをあげているのですか？」

「ああ。こうすれば少しは言うことを聞くからな」

名案だろうと言わんばかりにドヤッとした顔を見せ、胸を張るラウル様。

頭を抱えたくなったが、ビシッと指を突きつけた。

「食べ物をあげたら大人しくなるからといって、食べ物で言うことを聞かせようとすると、調子に乗ります。やってはいけないことをした時に、食べ物で気を逸らせてやめさせるのはダメです。まずはちゃんと叱ります」

「ぐっ、それは……」

どうやら図星だったらしい。

「今のラウル様では、飼い主と認識されていません。ただのお世話係、またはおやつ係と思われているでしょう」

「俺がおやつ係⁉」

ラウル様はさすがにショックを受けたようで、呆然として固まった。

そのままヨロヨロとよろめいて、テーブルに手をつく。額に手を当て考え込み、必死に自分を立て直している。

「ですが、今からでも遅くありません。今はイスも自由な行動を取っていますが、ちゃんと飼い主と認められれば、勝手な行動も取らなくなるはずですから」

おやつ係と言われたことが、よほどショックだったのか、ラウル様は見るからに落ち込んで肩を落としている。

「大丈夫ですって。必ず思いは通じますから。まずはあきらめないことです」

側に近寄り、慰めの声をかける。ラウル様はゆっくりと顔を向ける。

「――それもそうだな」

ラウル様は顔を上げ、力強く拳を握った。

「イスのしつけはまだこれからだ!!」

どうやら気を取り直したようだ。やる気に満ちあふれているようで良かった。

「それで、まずはどうすればいい?」

「そうですね、今日は日常を見せていただきたいので、いつも通りにしてください。お散歩とかいかがですか?」

「ああ、そうだな」

ラウル様はうなずくと、引き出しから深緑の太くて立派なリードを取り出す。

リードを見たイスは太い尻尾をブンと揺らす。散歩に行くと理解しているようだ。

「さあ、行くぞ」

「ワン!!」

あら立派なお返事。

部屋に閉じこもっているよりも、外に行くのはイスも楽しみなのだろう。

ラウル様が扉を開けるやいなや、イスは廊下を一目散に走って行った。

「おい、こら、待て!! 先に行くんじゃないといつも言っているだろう」

慌てて追いかけるラウル様を見て、これは前途多難だと感じた。

散歩の時、いつも出入りしている扉があるとラウル様は説明した。

その扉の前でイスはちょこんと座り、私たちが到着するのを待っていた。追いかけてきた私たちの姿が見えると立ち上がって、ガリガリと扉を引っかき始めた。

これは、早く扉を開けろとの催促だ。

「よし、そのまま、ここでリードをつけるからな、待て」

ラウル様がイスの首に手を伸ばす。イスはリードをつけられている間は大人しく座っていた。

「ふう、ほら、行くぞ」

片手でリードを持ち、もう片方の手で外に通じる扉を開けてやると、イスは一目散に走り出す。外に出られる機会をうかがっていたのだろう。

その勢いでリードがグッと引かれ、突然のことだったのでラウル様が前のめりになり、倒れ込んだ。

「ま、待てと言っているだろう～～」

むなしいラウル様の声が周囲にこだまする。ラウル様はイスに引きずられたが、弾みでリードを離してしまう。

かっこ悪い姿で思わず噴き出しそうになるが、笑ってはいけない。

本人はいたって真剣なのだから。

思わず顔を横に向け、唇を噛みしめ笑いを堪える。だが、我慢できずに肩がプルプルと震えた。

ラウル様が土ぼこりのついた顔でギロッとにらむ。

「なんだ」

不機嫌そうな威圧感たっぷりの声。

だがその声を聞いた瞬間、噴き出してしまう。限界だった。

「あははは」

ラウル様はムッとするというよりは、決まり悪げに舌打ちをした。その頬はほんのりと赤い。

「ラウル様はイスのことを理解しようと、自分なりに必死なんですね」

やり方の方向性は違うが、愛情は間違っていないだろう。

「ラウル様ほどのお方なら、お世話を人任せにすることも可能ですのに、それをしなかったのが歩み寄ろうとしている証拠ですわ」

「一度引き受けたのだから、当然だろう」

好き勝手に庭を走っているイスは最初に見た時よりも、生き生きして見える。やはり、空の下は嬉しいらしい。

「ああやって走り回っている時は、本当に良い顔をしていますよね」

部屋で見た時よりも瞳が輝いている。

だが、飼い主の言うことをちっとも聞かないのは問題だ。

「今の時点でわかったことがあります」

パンと両手を叩くと、ラウル様がグッと唇を引き締めた。

「まず、悪いことをしたら、きちんと叱らないといけません。ダメな時は厳しく叱り、上手くできたら良いことだと、褒めてあげることが必要です」

今まで見た限りではラウル様はイスに愚痴は言うものの、きちんと向き合って悪いことだと教えていない。そんな印象だった。

「なんでもかんでも叱ってはダメですが、ルールを守ることができたら褒めることが大事です」

ラウル様は両腕を組み、しばし考え込む。

「では、どうすれば？」

「基本的に犬のわがままは無条件に受け入れてはいけません。犬は賢いので調子に乗ってエスカレートしてしまいます。例えば悪さをした時に、食べ物をあげて止めるのは違いますよね。ちゃんと叱るのが重要です」

「食べ物をあげれば手っ取り早いと思っていた」

グッと唇を噛みしめ、ラウル様はうなだれた。

想像以上に落ち込んだ姿を見て、ちょっと可哀そうに思えた。

この人なりに頑張ってきたんだよな……。

「でも、大丈夫です」

私はスッと手を伸ばし、ラウル様の右手を取る。

両手で包み、ギュッと握りしめた。

「ラウル様の愛情だって伝わっていないわけじゃないと思います。これからイスと信頼関係を築けるように、私が側にいますから!!」

そうよ、あんなに可愛いモフモフの側にいられるなんて私も幸せだ。これから十分、その可愛さを堪能したい。

期待を込めた瞳で見つめるとラウル様はパッと顔を逸らす。

「そ、そうだな。そのための取引だからな」

モゴモゴと口ごもるが、意図は伝わったようだ。

「良かった、これから二人三脚で頑張りましょうね!!」

ラウル様が耳まで真っ赤になっていることに気づいた。空を見上げると、確かに陽ざしが強い。暑いのかもしれない。

「イスにお水飲ませましょうか?」

「あっ、ああ」

ラウル様は庭園を走り回るイスを呼ぶ。

「イス!!　水を飲め!!」

大きく声を張り上げたので、隣にいる私がびっくりした。

慌てて制止をかける。

「あと、声の大きさと口調も大事です」

不思議そうにこちらを見るラウル様に説明を続ける。

「ラウル様は声が大きいので、イスも褒められているのか叱られているのかわからない、ということもあるかもしれません。叱る時以外は声のトーンを落とし、ゆっくり語りかけるようにした方が伝わります」

「……そうか」

ラウル様は思案したあと、納得したようでうなずいた。

「イス、水を飲むんだ‼」

私は声を聞き、ガクッと肩を落とす。

「まだ口調が強めです」

だがラウル様も困惑しているようだ。

基本、声が大きいし口調が厳しめだから、難しいのかもしれない。本人は普通に話しているつもりなのだろう。

「では、提案しますが、ラウル様が可愛い、大事にしなければいけない、と思っている相手をイメージしてイスを呼んでみてはいかがでしょうか」

「大事な相手……？」

ラウル様は首を傾げた。

「そうです。例えば、親戚の小さい子とかいましたら、その子に語りかけるようにするのです」

さすがにラウル様も子供を相手にしたら、口調が優しくなるだろう。そんな気がした。

「周囲にいないから、わからないな」

あら、作戦失敗。もう少しラウル様が想像しやすい相手にした方が良かったか。確かラウル様には妹がいたはず。その相手になら優しく接しているだろう。

「では、妹君に話しかけていると思って語りかけるのはどうでしょうか？」

「妹？　イスをセレンスティアだと思えばいいのか」

「はい、同じような態度を取るといいと思います」

これでようやくラウル様はイメージがついたのだろう。ユリア情報では妹君とは仲が良いという話だったし。妹君を可愛がっていたに違いない。

ラウル様は息をスッと深く吸い込んだ。

「イス、水を飲め!!　まったく心配をかけさせるな!!　水分不足になって倒れても知らんぞ!!」

「なぜ、今まで以上に口調が厳しくなっているのですか!!」

ここ一番にきつい口調だった。これでは叱責されているように聞こえる。

これはいけないと、慌てて遮る。

「ああ、妹とイスを重ねると、つい過剰に心配してしまう」

お会いしたことはないけれど、セレンスティア様が不憫すぎる……。

ラウル様は心配するあまり、ガミガミと口うるさくなってしまうタイプなんだろうな。

優しい口調で、可愛い可愛いと言って接していたわけではないのだろうと察した。

「ああ、ではやはり、妹君は却下です」

「む、ダメか」

不服そうだが、当たり前だ。むしろセレンスティア様との関係が悪くはなかったのか、不思議に思う。でもまあ、そこは兄妹だからセレンスティア様も理解していたのだろうな。

「では、作戦変更です。可愛い物、例えばぬいぐるみとか頭に浮かべてください」

「ぬいぐるみ……？」

ラウル様は眉をひそめた。

「イメージ湧きませんか？　幼い頃、一緒に寝たりしませんでした？　クマとかうさぎとか」

「なっ、なぜ、それを……‼」

急に慌て始め、ゴホゴホと咳き込む。この慌てようは怪しい。

「まさか、今でも一緒に寝ているとか言いませんよね？」

冗談半分で顔をのぞき込むと、真っ赤になって唇を嚙みしめていた。

あれ、この反応は……？

「悪いか‼　妹からの贈り物を粗末にするわけにはいかないだろう‼」

開き直ってぬいぐるみと寝ていると宣言するラウル様。

ポカンと口が自然と開いてしまった。だが、次第に笑いが込み上げてきた。

威圧感があって口調も厳しいラウル様が、セレンスティア様から贈られたぬいぐるみを大事にして一緒に寝ているだなんて、ちょっと可愛いと思ってしまった。

ダメだ、口元が緩んでしまう。

「仲良しなんですね、セレンスティア様と」

「なっ、なにを言っている‼　妹だ、仲が良いも悪いもあるか‼」

あたふたと慌てふためくラウル様。これは図星だな。

ラウル様にぬいぐるみを贈るセレンスティア様は、どんな方なのかしら。いつかお会いしてみたい。

なにはともあれ、兄妹の仲がいいのはよくわかった。

「お二人の関係がうらやましいです」

率直な感想が口からこぼれ落ちた。

従妹のレティとは信頼関係を築くどころか、私のことは下僕か使用人かのような扱いだ。

「では、可愛いぬいぐるみに話しかけるように、イスにも接してみてください」

「ぬいぐるみと思えばいいのか？」

「実は、夜にぬいぐるみに話しかけていたりして……？」

ボソッとツッコミを入れるとラウル様がウッとひるんだ。まさか的中か。

「冗談ですよ」

「なっ、からかうな！　ぬいぐるみに話しかけるわけないだろう」

顔を赤くしつつも大慌てで、身振り手振りで否定するラウル様に思わず声を出して笑った。

ああ、楽しい。

いつぐらいぶりだろうか。こんなに声を出して笑ったのは。

ラウル様が意外にも可愛らしい一面を持っているのだと知る。

笑っているとイスが側に近寄ってきた。楽しい雰囲気が伝わったのだろうか。

「きっと、この子も不安だと思うのです。今までの飼い主から離され、知らない場所に連れてこられ、不安でいっぱいかもしれません」

部屋がボロボロなのはストレスが原因だと思う。

「これから信頼関係を築いて、幸せに過ごして欲しいと思っています。取引も大事ですが、なによりイスには幸せになって欲しい」

ラウル様を筆頭に、このお屋敷の方々に慣れ、皆に可愛がられて過ごすことが私の願いだ。

そのために私もできる限りの努力をしよう。

「これからよろしくね、イス」

イスは私をチラッと横目で見る。だが、すぐに首をフンッと横に向けた。

信頼してもらうには先は長いかもしれない。

それでも私はあきらめないからね。


それからしばらくフェンデル家に通った。

イスの散歩に付き添い、しつけをするラウル様を見守る。イスは最初、私のことはフルシカトしていたが、最近では時折、目を合わせてくれるようになった。少しでも関係が進歩して嬉しい。

「では、今日もお散歩に行ってみましょう」

リードを手にして扉へ向かうと、イスも大人しくあとをついてきた。

庭園に繋(つな)がる扉の前で、イスにリードをつけるのはラウル様の役目だ。

しゃがみ込み、イスと目を合わせる。

「よし、散歩に行くぞ」

幼い子に語りかけるようにゆっくりと話すラウル様は、私のアドバイスをちゃんと実践している。イスにリードをつけると庭園に下り立った。

「一緒に、回ってみましょう」

今日はいつもよりイスが大人しいので、普段立ち寄らない場所まで足を伸ばすことにした。

緑の芝が広がり、花の香りが鼻孔をくすぐる。花壇に咲いている花も色とりどりで見ていると心が和む。庭園の端にまで足を進めると、一軒の建物が目に入る。

レンガが敷き詰められた道が続き、木造りで平屋建てのログハウスに繋がっている。なんだか可愛らしい建物だ。

私は気になって聞いてみた。

「あの建物はなんですか？」

質問されて視線を建物に向けたラウル様は、思い出したように口を開く。

「ああ、以前は庭師が住んでいた」

「そうなのですね」

確かに人が住めるほどの大きさだ。作業する場所としても十分だろう。

「庭師も結婚して所帯を持ち、通いになったから今は無人だ」

まだまだ活用できそうな建物を眺めていると、イスが急にピタリと足を止めた。

「イス？　どうしたの？　散歩はもうおしまいなの？」

いつもなら元気いっぱい、リードを持つラウル様を引っ張る勢いで前へ前へと進んでいくのに、今日は足取りが重い。

「ほら、もう少し進むぞ」

グイッとリードを引っ張るラウル様を手で制した。

「ちょっとお待ちください」

しゃがみ込み、イスの背にそっと触れる。イスはビクリと体を震わせた。

「どうしたの？」

イスの顔をのぞき込む。その瞳は心なしか、不安そうに見える。

「今日、なにか変わったことはありましたか？」

顔を上げ、確認をするとラウル様は首をひねる。

「いや、特に普段と変わりは――」

ラウル様が最後まで言い終わらないうちに、イスがえづき始めた。

「イス⁉」

苦しそうに喉の奥から荒い息を吐いている。

これはいつもの状態じゃないわ……‼

注意深くイスを見守っていると、吐き出したくとも、吐けなくて苦しんでいるようだ。

なにかが起きている、原因を確かめないと。

「イス、口を開けてちょうだい」

なるべく優しい声を意識して、手を口元に添えた。突然押さえつけては、イスも驚くからだ。なるべく自然を心がける。

「ちょっと我慢してね」

両手で口を包み込むようにして前臼歯の位置に指を入れた。

イスは戸惑ったのだろう、噛むような仕草を一瞬見せた。だが、そこは間髪を容れずに強い声を出す。

「イス、ストップ!!」

イスの動きがピタリと止まったのをいいことに、口をこじ開ける。

「そうそう、いい子ね」

安心するように声をかけ続ける。

やがて気になる箇所が目に入る。奥歯の脇の歯茎になにかが刺さっているのだ。

迷うことなく指を突っ込み、異物に触れる。そのまま指で摘まむとスルッと抜けた。

「取れたわ」

イスの口から、よだれでビシャビシャになった手を離す。

「お、おおっ……」

ラウル様の表情は強張っている。いきなりイスの口に手を突っ込んだ私に若干引いているらしい。

「よく見ると木の破片です。なにか思い当たることはありますか?」

するとラウル様がハッとする。

「そういえば、新しい玩具を与えたのだが、素材は木でできていたな」

「それです‼」

ピンときて立ち上がる。

「大方、遊んで嚙んでいたのでしょう。破片が刺さったのだと思います」

イスの頭をそっと撫でる。

「よしよし、痛かったね。もう大丈夫だから」

心なしかイスも安心した表情を浮かべたように見えた。

「ラウル様、一度イスに与えている玩具をすべて見せていただいてよろしいですか？」

今後も同じことがあっては困るからだ。

「ああ、確認を頼む」

ラウル様は心なしか、しょげて見えた。良かれと思って与えた玩具でこんなことになるとは思わなかったのだろう。

「遊んでもらいたくて、玩具を与えた気持ちはイスに届いていると思いますよ」

さりげなくフォローをする。

そうと決まれば早々に屋敷に戻ろう。リードを持ち、引き返す。

「それは大丈夫なのか？」

ラウル様が指さしたのは私のスカート部分だった。視線を向けると汚れていた。イスの口から破片を取り除いた時、わずかだがイスが胃液を吐き出した。それがスカートについてしまったのだ。

「ああ、これぐらいなら洗えば落ちますわ」

私のことも気にかけてくれるんだな。なんだか嬉しい気持ちになり、フフッと微笑む。

「さあ、戻りましょうか。イス、念のために傷口をもう一度見せてね」

万が一、化膿(かのう)しては困るので傷の具合を確かめたい。

散歩を終了し、屋敷に戻った。

イスの原因がわかって良かった。

屋敷に戻ってすぐに玩具のすべてを見せてもらう。小さいものは誤食の可能性もあるし、飾りがついているものも危険だ。

一通り確認を終えたあと、イスをブラッシングした。

私が持参したブラシを手に持つと、イスは床にゴロンと倒れ込んだ。

ふふふっ、可愛い。

最近では私がブラシを手にすれば、ブラッシングをしてもらえると理解するようになったらしい。

気持ちが通じ合ってきたようで嬉しい。

全身にブラシをかけている間も、気持ちがいいのか静かに目を閉じている。

イスとの距離が近づいたようで、心を込めて何度もブラッシングをかけた。

最近のイスは少しずつだが懐いてきたように感じる。

私が部屋に入った瞬間、まるで待ち構えていたかのように扉の前で待っていたり。

私が帰ろうとすると扉の前で寝そべり、部屋から出られないようにしたりもする。

ああ、可愛いイスのお世話ができて、本当に幸せ。

一生懸命にブラッシングさせていただいた。


フェンデル家を出て、馬車に乗り込み帰路につく。しばらく馬車に揺られていると、ようやくグレイン家の門が見えた。

玄関脇には一台の馬車が停車している。見慣れた馬車はバルトン家のものだ。もしやセドリックが来ているの？

――うわっ。タイミング悪っ。

さっきまでの楽しい気分が台無しになった。もう少し遅く帰ってくれば良かった。

深いため息をつき、屋敷に戻る。

「ただいま戻りました」

玄関の扉を開けるとすぐに使用人が近づいてくる。

「先ほどから、セドリック様がお嬢さまをお待ちです」

わざわざ私を待っていたのか。

毎回のことだが、約束もせずに訪ねてくるなんて失礼だ。私がいつもヒマだと思っているのだろう。残念だがここ最近の私は忙しいのだ。

面倒だと思う感情をグッと堪え、客間へ足を向けた。

客間に入室するとソファに腰かけていたセドリックがこちらを向く。

いつものことだが、鏡を手にしていた。

まーた見てるよ、相変わらず自分大好きな奴。

げんなりしている私に気づいたセドリックは立ち上がり、近づいてきた。

「どこへ行っていたんだ。これだけ人を待たせて」

不機嫌そうに眉根を寄せている。

「約束していないんだから、当たり前でしょ‼　そんなこと言うなら、事前に連絡してちょうだい」

まったく私の周りはセドリックにしろレティにしろ、自己中が多い。

――嫌になっちゃうわね、本当。

小さくため息をついた時、足元に気配を感じる。下を向くと可愛いモフモフが視界に入る。

「ニャー」

ドロシーだった。

私の姿を見つけて、一緒に客間に入ってきたのかしら。

「ただいまドロシー。部屋から出ちゃだめじゃない」

レティがドロシーを嫌っているので、私が不在の間、意地悪をされてしまわないよう部屋に閉じ込めていたのに、いつの間に出たのだろう。

慌ててドロシーを捕まえようとすると、頭上から声が聞こえた。

「わっ‼　この猫、どこから入ってきた‼」

まるで嫌な物を見るような目をドロシーに向けるセドリック。

「私の大事なドロシーだけど⁉」

ムッときて言い返す。勝手に来て、私のドロシーに失礼な奴。

「服に毛がつくじゃないか。どこかへやってくれ。俺に獣の毛がつくなど、美意識に反する」

手でシッシッと追い払う真似をしたのでカチンときた。

「いきなり来て、なんて失礼なこと言うのよ‼」

「お前こそ、婚約者にそんな態度取っていいのかよ」

ブスッと不貞腐れたセドリックだが、聞き捨てならない台詞が聞こえた。こめかみがピクッと反応する。

「ちょっと誰が婚約者なのよ。認めてないから」

「まだそんなこと言ってるのか」

セドリックはせせら笑う。

「幼なじみのよしみで借金を肩代わりしてやると言っているんだ。お前みたいなのをもらってやるんだから、ありがたく思えよ」

「なに言っているのよ」

上から物を言う彼に、もう辛抱できない。

「そんなこと頼んだ覚えはないわ」

もともと叔父たちが作った借金なのに、私を嫁にいかせて清算しようだなんて、虫が良すぎる。

「お前だってこの家で肩身が狭い思いをしているよりいいだろう。俺の優しさがなぜわからないんだ」

セドリックは呆れた様子で首を振る。

「俺みたいな高いレベルの男と婚約できるなんて、ありがたいと思わないか？　社交界の女性たちから羨望と嫉妬の眼差しを浴びるぞ？　お前も鼻が高いだろ？」

自分で言ってて恥ずかしくならないのか、こいつ。

「そんな視線浴びたくもない‼」

今のセドリックは舞踏会に顔を出せば女性に囲まれて、モテているとレティがこぼしていたのを聞いたことがある。そんな彼が、なぜ私と婚約しようとするのか。まったくもって腑(ふ)に落ちない。

「意地を張らず、いい加減素直になれよ。俺に選ばれるなんて光栄なことだぞ」

セドリックはニカッと笑い、私の肩にポンッと手を置いた。

完全なる勘違いな台詞に、ついにキレた。

肩に乗せられた手を、ペッと払いのける。

腰に手を当て、胸を張る。

「ぜ～ったいに、嫌だから‼　なにがなんでも阻止してみせるわ‼」

全力で拒否を示すと彼はたじろぎ、二歩下がった。その拍子に、足元で私に寄り添っていたドロシーが驚いて勢いよく走り出した。

「あっ、ドロシー‼」

ドロシーは私が止める声を振り切り、カーテンをよじ登る。

その時、風でカーテンが大きく揺らいだ。

「あっ、外に出ちゃう‼」

ドロシーは開いた窓から、そのまま外へ出て行ってしまった。

これはまずい。悲鳴を上げそうになった。

ドロシーは外に出たことがない。早く探しに行かなきゃ。

頭が混乱してパニックになりそうになった時、背後から声がかかる。

「うるさいわね、お姉さまの声が廊下まで響いていたわ」

レティが不機嫌そうに近づいてくる。

「ドロシーが外に……‼」

「ああ、あの猫ね」

焦る私を前にレティは思い当たることがあるのか、目を輝かせた。

「お姉さまの部屋から出したのは私よ。部屋で鳴いていたから、うるさくって」

「なんてことをするの‼」

「だって私に懐かないし、可愛くないんですもの。鳴き声が聞こえてくるだけで嫌になるわ。どこかへ行ってくれたら一番いいわ」

悪びれもしないレティをこれ以上、相手にしていても無駄だ。悔しくて唇を噛みしめる。

焦っている私をレティは横目で見て、クスリと笑っている。

「アステル、猫ぐらいでそうムキになるなって」

背後からセドリックの声が聞こえた。

ダメだ、やっぱり話が通じない。私がどんなにドロシーを大事にしているのか、誰もわかってくれないんだ。


「もう帰って‼　さようなら‼」

そしてできれば二度と来るな。

そんな思いで雑に別れを告げ、庭先へと急いだ。


「ドロシー、どこへ行ったの――？」

声を張り上げて探すが、周囲は静まりかえっており、物音がしない。

屋敷の庭は資金不足のため手入れが行き届いておらず、芝は伸び雑草は生え、荒れまくっている。両親が生きていた時は、こんなことはなかった。お母さまは花が好きで庭園をちゃんと管理していた。叔父夫婦は着飾るのは好きだが、人目につかないところに金を使うことを惜しむ。

伸び放題の草が邪魔だが、踏みつけながら進む。

「お願いだから出てきてちょうだい」

私が悪かったのだ。

いきなり大声を出してドロシーを怖がらせてしまった。自分が怒られた気持ちになったのかもしれない。

今まで外に出たことなんてなかったのに。このままいなくなったら、どうしよう。

悪い想像が頭に浮かび、涙がにじんでくる。

泣くよりも、早く探さないと‼

キッと顔を上げると、水滴がポツリと顔にあたる。最悪なことに雨が降り出した。

気温も下がってくるし、ドロシーが濡れて風邪でも引いたらどうしよう。

私は焦り、さらに声を張り上げた。

「ドロシー‼　出てきてちょうだい」

その時、馬車の蹄の音が響いた。

フッと顔を上げると立派な馬車が玄関の脇につけられた。あれは、ラウル様に屋敷に送ってもらった時、乗せていただいた馬車だ。

案の定、馬車から降りてきたのは、ラウル様だった。

私は自然と駆け出していた。彼ならきっと私を助けてくれる。そんな気がした。

「ラウル様‼」

いきなり庭園から姿を現した私に、ラウル様は少し驚いたようだ。

「ああ、どうした、息せき切って」

「ここに来る途中で、猫を見ませんでしたか⁉」

「いや、見ていない」

ラウル様の返答にガックリ肩を落とす。

どうしよう、どこに行ってしまったのだろう、ドロシー。

ウルウルしてきた涙を堪えようと唇を噛みしめる。だが、泣いている暇はない。ドロシーを見つけ出すのが先だわ。

「いったい、どうしたんだ?」

問いかけてくる声に、手をギュッと握りしめて前を向く。

「ドロシーが……」

ダメだ、事情を説明しようとしただけで涙があふれてきた。

切羽詰まった顔つきになっていたのだろう。ラウル様はパチパチと目を瞬かせたが、すぐに真剣な表情に変わる。

「お母さまから託された大事な猫のドロシーが、窓から外に出てしまって……」

やっとの思いで声を絞りだし、屋敷の開いている窓を指して説明する。

「今まで外に出たことなどない子なのに……。このままいなくなってしまったら、どうしよう」

最悪な事態を口にすると、怖くて体に異変が起きる。ガクガクと足が震え、血の気が引いているのがわかった。

ああ、ドロシー!!　どうか無事でいて!!

「落ち着け!!」

ラウル様は私の両肩をガシッと掴んで、力強い眼差しを向けてくる。

「――猫がいなくなったから探しているんだな？」

私は大きく首を縦に振る。

「逃げ出してから、どのぐらい経つ？」

「そんなに時間は経っていません」

せいぜい二十分ぐらいだろうか。

「そうか。なら遠くには行っていないだろう。近くにいるはずだ」

ラウル様は庭園の方に顔を向けた。

「よし、行くぞ」

パッと背を向けると、庭園の奥へずかずかと歩き出した。

「い、一緒に探してくれるのですか？」

ラウル様は振り返り、横目で私を見る。一人より二人で探した方が早い。彼の助けがあるとありがたい。私は祈るような気持ちで手を組み、彼の返答を待つ。

ラウル様は目をパチクリとさせた。

「当然だ。困っているのだろう」

ラウル様の返答を聞き、それまで不安で仕方なかったが、少しだけ希望が見えてきた。

「まず案内してくれ」

「はっ、はい‼」

私は急いでラウル様の前に回り、ドロシーが逃げた先の庭園へと連れていった。

「この窓から逃げたのです」

窓の隙間を指さしながら説明する。

雨は先ほどより勢いを増してきている。本格的にどしゃ降りになる前に早く見つけたい。心は焦るばかりだ。

「居心地の良い場所から逃げ出そうとは、思わないだろう。すぐに帰ってくるはずだ」

ありがたい言葉をかけられ、心が少し落ち着く。

「大丈夫だ、俺が必ず見つけてやる」

力強く真剣に約束してくれるラウル様に涙がにじむ。

お母さまがいなくなってから、こんなにも優しくされたことはなかった気がする。

「もし万が一、二人では見つけられなかった場合、人手を増やそう。フェンデル家から人を呼んで、使用人総出で探してもいい」

急な申し出だが、それはありがたい。

じゃなくて——。

「い、いえ、滅相もございません。そこまでしていただくわけにはいきません」

フェンデル家の使用人総出となったら、恐ろしいほどの人数がこの庭園に集まるだろう。

「そして猫を見つけた者には賃金の三倍を出すと約束しよう」

まるで懸賞首のような扱い！

人々は血眼になってドロシーを探すだろう。

名案が浮かんだと言わんばかりに力説するラウル様だが、それはさすがに……。

「逆にドロシーが怯えて出てこないかもしれないです」

「む、そうか」

ラウル様はごく真面目な顔をして考え込む。

「まずは、飼い主であるアステルが髪を振り乱し、涙と鼻水を垂らしていては猫も驚くだろう。平常心を持て!!」

力強く説得され、体から力が抜けた。

「は、鼻水?」

「ああ、必死の形相だぞ」

女性に向かってそれはない。私じゃなければ、ショックで寝込む人もいるだろう。

だが、なんだか笑えてきた。

きっとラウル様なりに、私を慰めようとしているのだ。多分。そう思うことにする。

両手でパチンと頬を叩く。

「さぁ、張り切って探しましょう!!」

「急に元気が出たな」

ラウル様はクッと笑う。

「ええ、しょげていてもドロシーは見つかりませんから」

それを教えてくれたのはラウル様、あなたです。

最後の言葉は伝えずに、心の奥にそっとしまい込んだ。


「ドロシー!! どこにいるの——!! お願いだから出てきて——」

遠くまで聞こえるよう、声を張り上げる。

「猫!! 大人しく、出てくるんだ!! 今なら心配させたことを怒らない!!」

ラウル様、それはすでに怒っているように聞こえます。

もう少し優しい声かけにして欲しいとやんわりお願いしたら、ラウル様はあっさり聞き入れてくれた。

それから十分ほど、二人で必死に探す。

雨は本格的に降り始め、二人ともびしょ濡れだ。

その時、ニャーという小さな声が聞こえた。

私とラウル様は顔を見合わせる。しばし身動きせずに、その場で足を止めて耳をそばだてる。

「ニャー」

確かに聞こえた!!

「あっちの方からだ。行くぞ」

ラウル様と向かったのは、庭園に生えている一本の木の下だ。

顔を上げて枝の間を凝視する。葉が生い茂っている隙間から、フワフワとした毛並みの物体が動いたのが見えた。

いた、いたわ‼

歓喜の声が出そうになったが、慌てて両手で口を押さえる。

元はといえば、私の大きな声に驚いて逃げ出してしまったのだ。同じ過ちはもうごめんだ。

ラウル様に視線を送ると大きくうなずいた。

「木に登ったら、怖くて下りられなくなってしまったのだろうな」

「はしごを借りてきます」

駆け出そうとすると、ラウル様は腕まくりを始めた。そして靴をパパッと脱ぎ捨てる。

「俺が行く」

「えっ、ですが……」

呆気に取られている私をよそにラウル様は枝を掴むと、身軽に枝から枝に手を伸ばし、ヒョイヒョイと進んでいく。

そしてあっという間にドロシーのもとにたどり着いた。

「よし、いい子だ。大人しくしているんだ」

ラウル様の優しい声をハラハラした気持ちで聞いている。

やがてラウル様はスルスルと木から下りてきた。その肩にはドロシーが大人しくしがみついている。

「ド、ドロシー‼」

姿を見た途端、安堵して涙がブワッとあふれた。

ラウル様は肩からドロシーを引きはがすと私に手渡す。

「ああ、ごめんね。びっくりしたよね、心細かったでしょう」

ドロシーをギュッと抱きしめ、無事を喜んだ。

幸い、木の上は葉っぱが生い茂っていたので、ドロシーの体は濡れていなかった。

だが、しかし――。

濡れている上に木登りまでしたラウル様は、全身が汚れて悲惨な格好になっていた。

「すみませんでした」

ガバッと深くお辞儀をした。

ラウル様は眉間に皺を寄せ、不思議そうに首を傾げる。

「木に登ってまでドロシーを見つけていただき……」

よく考えたらラウル様を巻き込んでしまったのは私だ。雨の中、付き合わせてしまい、申し訳なくて顔を上げられない。

「いや、懐かしい気持ちになったな」

意外にもラウル様から、フッと笑う声が聞こえた。驚いて顔を上げる。

「なにがですか?」

「昔はよく木登りをしたものだ。それこそ、妹の帽子が風で飛んで木に引っかかった時は、今みたいに木登りをして取ってやったこともあったな」

昔の思い出を語るラウル様は、とても優しい眼差しをしていた。

「妹君と仲良しなのですね」

兄妹の微笑ましい話に思わずほっこりとなって、そう言ったのだが、

「ばっ、バカな‼　あまりにもメソメソと泣いてうるさいから、黙らせようと思ってやっただけだ‼」

真っ赤な顔になり、必死に言い訳を始めるラウル様。

十分、仲良しっぽいが。きつい物言いも、単なる照れ隠しなんだろうな。

「でも、喜ばれたでしょうね、妹君も」

きっと今の私と同じ気持ちだろうな。会ったことはないけれど、勝手に親近感が湧く。

「それに、すごくかっこよかったです」

「は？」

ラウル様は渋い顔を見せる。

「スルスルと木を登っていく姿は人と思えませんでした！　猿にも負けていないと思います。木登り選手権では優勝です‼」

ラウル様は呆気に取られて、目をパチクリとさせる。

「それは褒め言葉なのか？」

突如、笑い出した。

「ええ、最上級の褒め言葉のつもりです」

力強くうなずく。

ラウル様は肩をプルプルと震わせる。ついに噴き出した。

「では、ありがたく受け取っておく」

大口を開けて笑う姿にドキッとする。いつもはしかめっ面なことが多いのに、無邪気に笑う姿はとてもかわいい――。

そこでハッとする。

私、ラウル様相手になにを考えているの。六つも年上なのに可愛いだなんて失礼だ。

「この猫は形見なのか？」

ひとしきり笑ったあと、ラウル様は真顔になった。

「あ、はい。そうです。両親亡きあとは、彼女だけが私の家族です」

腕の中のぬくもりに頬ずりをする。

私がドロシーだけが家族だと言ったのが、少し引っかかったのだろう。ラウル様は眉をひそめた。

「叔父夫婦はいるのだろう？」

「まあ、一緒には暮らしてはいますけど……」

良い想い出がないので言葉を濁す。ラウル様は察したようで、わずかだが表情が曇る。

「だから私は、ペットサロンを成功させて、叔父夫婦のもとから離れて自立するのが目標なんです!!」

ラウル様はポツリと一言口にした。

「えぇ!!　私には夢がありますから」

多くの動物と触れ合いたいのはもちろんのこと、不幸な境遇の子たちも助けてあげたい。

家庭環境は悪くても、ラウル様に出会えたことは最強の幸運だ。きっと私は、この時のために運を貯めておいたんじゃないのかしら？　と思うぐらいだ。

ラウル様はフッと優しく微笑む。

「今後は猫が心配なら、屋敷に連れてきても構わない」

「本当ですか⁉」

ラウル様の申し出に喜びの声を上げた。

「ああ、その方が安心だろう」

「ありがとうございます」

深く頭を下げ、胸に抱くドロシーをギュッと抱きしめる。

「今までお留守番させていたけど、これからは一緒に行こうね」

ドロシーはニャア、と一言返事をした。まるで喜んでいるように聞こえる。

そこでふと気づく。

「そういえばラウル様、私に用事があったのですか？」

でなければ屋敷にまで訪ねてくることはなかっただろう。

「ああ、忘れ物だ。ブラシやら玩具が入った袋を一式、忘れていっただろう」

ラウル様に言われて気がついた。イスを撫でたり一緒に遊ぶ道具を毎回、持って行っていたのだ。

「すみません」

そそっかしくて申し訳ない。

「道具はいつでも大丈夫でしたのに」

だが今日、ラウル様が来てくださらなければ、まだ私はドロシーを探してさまよっていたかもしれない。最悪見つけられなかった、なんてこともあり得る。

「だけどお届けしてくださって助かりました。ラウル様、改めてお礼申し上げます。あなたが来てくれなかったら、大変なことになっていました」

目を真っすぐに見つめ礼を言う。

周囲はシトシトと降り続く、雨音しか聞こえない。まるでこの世界に私たちしか存在しないみたいだ。

ラウル様はパチパチと瞬きを繰り返した。

そして徐々に顔つきが険しくなり、目を細めた。唇をきつく引き締める様子は、まるで怒っているかのようだ。

えっ、私、失礼なことを言ってしまったのかしら。

……と、思いきや、ラウル様はパッと身を翻した。

「――帰る」

「えっ？」

急に背を向けたラウル様は雨の中、ズンズンと大股で進んでいく。私は慌てて引き止めた。

「お待ちください‼　風邪を引かれてしまいますから。屋敷で休んで行ってください」

「必要ない‼」

きっぱりと断られるが、私はなにか彼の気に障ることをしてしまったのだろうか。

「ちょっとお待ちください‼」

だが、ここは私も引けない。急いで回り込み、ラウル様の前に立つ。

「あれ……ラウル様、顔が真っ赤……」

ポカンと口を開けて、顔をまじまじと見つめる。

ラウル様はウッと言葉に詰まり、顔をサッと逸らした。

「赤くなどない‼　こ、これは暑いだけだ」

横を向き、唇を嚙みしめているラウル様。

もしかして照れているの……？

私より大人で強面。言っていることは正論だが、時折口調が厳しくも感じられるラウル様が、私の言葉一つで顔を真っ赤に染めるなんて‼　なんだか可愛いんですけど。

まじまじと見つめていた時、視界が遮られた。頭になにかを被せられたようだ。

同時にフワッと爽やかな石鹼の香りが鼻孔をくすぐる。

「あまり人を見るな」

恐る恐る顔をのぞかせると、シャツ一枚のラウル様が目の前にいた。

「これを被って屋敷に戻れ。ないよりはマシだろう」

ラウル様は自身の上着を私にかけてくれたのだ。これはラウル様の香りだ。

まるで彼に包まれているみたいだ。意識してしまうと胸がドクンと高鳴った。

「でも、ラウル様が風邪を引いてしまいます」

「私はそんなに軟弱ではない‼」

険しい表情できっぱりと言い切るラウル様だが、先ほどから変わらず耳まで赤い。

「そっちが風邪を引く前に、早く屋敷に戻れ」

困惑している私に、ラウル様は突然指を突きつけた。

「行け、私が十数える間に走り出すんだ‼」

それ、どこの軍隊。

そうは思ったが、ラウル様は両腕を組み指をトントンと叩き、カウントを始める。

「いーち、にーぃ、さーん」

「ちょっ、早すぎます‼」

私は上着を被ったまま、慌てて走り出した。

「よし、それでいい」

満足げにうなずいたラウル様の声が聞こえてくる。

なんだか胸がドキドキしているのは、急に走り出したせいなの？

今ならラウル様に負けないぐらい赤くなっているかも……。まるで全身が熱を帯びたみたいだ。

雨に打たれて風邪でも引いちゃったのかしら。

混乱しつつ、屋敷にたどり着いた。


十日後。風邪を引くこともなく、いたって元気。

薄着で帰ったラウル様は大丈夫だったかしら？

気にかけながら出かける支度をする。

「おはようございます、お嬢さま。ご用命の物をご用意いたしました」

ユリアがカゴを手にして入室してきた。

「ありがとう」

先日、屋敷に戻ると早速、ユリアにこれからはドロシーもフェンデル家に連れていくことを告げた。ユリアは張り切ってドロシーを運ぶ用のカゴを用意してくれたのだ。

籐で編まれ、カゴは丈夫そうだ。ちゃんと蓋もついているので脱走防止にもなる。

「あと、こちらも乾きました」

ユリアが差し出したのはラウル様の上着だった。あれからすぐにユリアに洗濯をお願いしたのだ。

先日のことを思い出し、頬が紅潮した。

私が上着を見つめたままソワソワしていると視線を感じる。パッと顔を上げるとユリアが幸せそうに微笑んでいた。

「な、なに？　顔になにかついている？」

「顔が赤いですが、暑いですか？」

パタパタと手で顔を仰ぐ仕草をする。

「そうね、今日は天気が良くて暑いわ」

自分では上手くごまかしたつもりだが、ユリアは生温い視線を送ってくる。

「フェンデル家を訪ねるようになってから、お嬢さまが楽しそうで私も嬉しいです」

最近ではイスもお行儀よくなってきたし、私に心を許してくれるようになった。

「そうね、イスが可愛くてね。私のブラッシングの腕がいいのかしら」

「本当に、それだけですか～？　ラウル様もお優しいですしね」

ユリアからその名前を聞いたら、さらに顔が火照った。

「そうね、ドロシーの恩人だしね」

ドロシーはというと、カゴが気に入ったのか、大人しく丸まっている。

ユリアはそれ以上、深くは追及せず、フフフと笑う。

「では行ってらっしゃいませ」

「ええ、行ってくるわね」

ドロシーもいざ行かんとばかりに、ニャアと返事をした。


フェンデル家に到着するといつもの執事さんがお出迎えしてくれ、イスの部屋に案内してくれる。

ドロシーの入ったカゴを胸に抱え扉をノックし、ゆっくりとドアノブを回す。

「イス、ご機嫌いかが？」

扉から顔だけを出し、様子をうかがうと床に寝そべっていたイスが起き上がる。ゆっくりと私に近づいてくる。

「イス、今日はね、私の大事なお友達を連れてきたの。仲良くしてくれるかしら？」

犬と猫を一緒にするには、慎重に見極める必要がある。

ラウル様はドロシーを連れて来てもいいと言ってくれたが、イスが拒否をする場合がある。または、その逆も。もし片方が拒否したなら、慣れるまで部屋を別々にして欲しいとお願いするしかない。

イスはいつもと違い、すぐに部屋に入ってこない私を不思議に思っているようだった。

部屋の中央でピタリと止まり、顔を上げ、クンクンと鼻を動かす。

それから急に、私に向かって駆け出してきた。びっくりして胸の中でカゴをギュッと抱える。

イスは器用に鼻先を使って扉をグイッと開けた。

もっとお互いの存在に慣れさせてから対面させようと思っていたので慌てたが、気づいたことがある。

イスが尻尾を振っているではないか。それも振り切れんばかりに。

その目はキラキラと輝き、好奇心に満ちあふれて見えた。今までにないぐらい嬉しそうだ。

もしかしてイスはお友達が欲しかったんじゃ……？

対するドロシーはというと、カゴの中で様子をうかがっている。これはもしかすると案外いけるのかもしれない。

部屋に入れと、イスが目で訴えてくる。

まるで、早くお友達を紹介して、と言っているようだ。

イスはカゴを持つ私の周囲をウロウロと歩き回っている。興奮して落ち着きがない。

一方のドロシーはカゴの中でも大人しい。ずいぶんと余裕そうだ。物音と話し声で、私以外に誰かがいると気づいているだろうに。

年齢的にはイスは三歳、ドロシーは十歳なので、ドロシーの方がお姉さんだ。

ドロシーに慌てる様子は見えない。

これが年上の余裕というやつかしら。

まずはカゴ越しで対面させることにする。机の上にカゴを置く。イスは机に前足をつき、顔をヌッと近づけた。

「シャーッ‼」

ドロシーも感づいたようで、カゴの中から威嚇音を出した。

叱られたイスは耳をペタンと下ろした。しょげたように見え、前足を下ろした。その姿は可哀そう。

イスは机の周囲をウロウロと回る。気になって仕方ないようだ。

「お友達はイスよりもうんと体が小さいの。だから突進したり、押しつぶしたりしちゃダメよ。優しくね、優しく」

大丈夫、イスは頭の良い子だ。そしてドロシーは肝が据わっている。

この出会いはきっと良い方向へ進むはずだ。

カゴの蓋をそっと開く。

「ドロシー。出ておいで」

名前を呼ばれたドロシーはゆっくりとカゴから姿を現す。やはり窮屈だったのか、静かに伸びをした。

イスはドロシーの姿を見た途端、目をキラキラと輝かせた。

口を大きく開けて嬉しそうだ。なにより先ほどから尻尾をパタパタと振りっぱなし。千切れるんじゃないかと心配になるほどだ。

イスは辛抱できなかったのか、再び机に前足をかけ、身を乗り出した。

ドロシーとイスが顔を合わせた。

「ニャニャッ!!」

その途端、ドロシーは手を伸ばし、猫パンチを繰り出した。

とても避けられるスピードではなく、イスは猫パンチを正面から受け、顔を引っ込めた。

だが痛そうではない。ドロシーは手加減しつつもイスに距離の取り方を教えたのだろう。

「さすがね、ドロシー姉さん」

ドロシーの背中を撫でると気持ちよさそうに顔を上げる。まずは二人の出会いは成功と言っていいだろう。数日かけてゆっくりとと思っていたが、心配無用のようだ。

あとはお互いのペースで慣れてくれたらいい。

「来ていたのか」

後ろから声が聞こえてラウル様が姿を現した。

「ええ、今日はお言葉に甘えてドロシーも連れてきました。イスもとっても嬉しそうです」

今まで見たことがないイスの興奮した様子にラウル様は面食らったようだ。

ドロシーはニャーと鳴いて、机からサッと下りた。

真っすぐにラウル様に向かって歩いていく。

「な、なんだ」

ラウル様は驚きながら、その場で硬直して立ち尽くす。

ドロシーは甘えたような鳴き声を上げながら、足元にまとわりつき、必死に頭をこすっている。

「ど、どうしたんだ」

ラウル様は猫にあまり馴染みがないようだ。

「先日、助けていただいたお礼のつもりかもしれません」

ドロシーがこんなに甘えるのは珍しいことだ。

「撫でてあげると喜びますわ」

私に言われてスッと腰を下ろしたラウル様は、恐る恐る手を伸ばして、ドロシーの頭に触れた。

「どうですか？　猫も悪くないでしょう？」

うちの子最高、世界で一番可愛い猫でしょう⁉　猫飼いなら誰もが思っていると思う。

ラウル様は渋い顔をしている。

「……毛が生えている」

当たり前の感想を述べるが、それは猫だから当然だ。

「ふわふわの毛並みでしょう。ブラッシングも欠かしませんし」

やがてドロシーは床にごろんと寝そべった。

「もっと撫でてくださいって甘えています」

「くっ、こいつ……!! 私の前で横になるとはいい度胸だ。警戒心はないのか。その上撫でろと要求するなど……礼儀を学べ」

ラウル様はそう文句を言いつつもドロシーを撫でる手を止めない。

コロンコロンと床を転がるドロシーに説教しつつ、口元がにやけて見えるのは気のせいかしら。

「全世界で一番可愛い猫です」

「それはどうだろうな」

ラウル様は呆れたように苦笑する。全世界とはさすがに言いすぎか。でも飼い主からみたらそう見えるのだ。

「じゃあ、このお屋敷にいる猫で、一番可愛いです」

「急にスケールが小さくなったな」

謙遜して言ったまでで、本音は世界で一番可愛いと思っている。

急にラウル様はドロシーを撫でていた手をピタリと止める。

どうしたのだろう？　険しい顔つきになり、すっくと立ち上がる。

「大変だ、今から獣医を呼ぶ」

「えっ、えっ、どうしたのですか？」

ラウル様はなにか気になるのか、表情を強張らせた。

「猫の喉の奥から、ゴロゴロと鈍い音が絶え間なく聞こえてくる。喉の調子が良くなさそうだ」

「……」

ラウル様はドロシーに向かい、ズバッと指を突きつける。

「先日、雨に濡れて風邪を引いたのだろう!!」

えっ、それは猫が機嫌のよい時にならすゴロゴロだ。ラウル様は知らないのだ。

私はたまらず噴き出した。

「なっ、なにがおかしい!!」

「ラウル様、それは猫がリラックスした時や甘えている時に出す音です」

「な、そうなのか!?」

ガバッと地面に伏せ、ドロシーをまじまじと見つめる。

「お前は喉の不調を訴えているわけではないのか？」

真剣にドロシーを心配する様子を見て、私の腹筋は崩壊した。

「ああ、おかしい」

笑いすぎて涙がにじんだ。

ラウル様は気恥ずかしさからか、ジロリとにらんだ。

「猫と触れ合う機会がなかったのなら、知らなくて当然ですよね。これから仲良くなればいいのですから」

床にゴロゴロと転がるドロシーを拾い上げ、胸に抱く。

「私もびっくりしました。ドロシーはあまり人に懐く猫じゃないんです。それなのにラウル様には最初から甘えていたから」

屋敷では叔父夫婦はもちろんのこと、レティはドロシーの天敵だ。

「きっとラウル様に助けていただいたことを理解しているのだと思います」

両手で抱っこしたドロシーをラウル様にそっと差し出した。

だがラウル様はどう受け取ったらいいのかわからず、ドロシーを前に固まっている。

「ラウル様、ソファへ座ってください」

「こうか？」

ソファに腰かけたラウル様の膝の上にそっとドロシーを下ろした。ドロシーはすぐさま寝そべって、くつろぎ始めた。

「お膝の上が気に入ったみたいです」

毛づくろいを始めるドロシーは、眠りに入ろうとしているのだろう。

「猫はもともと一日の大半は寝て過ごすのです」

「そんなにもか？」

ラウル様が驚き、まじまじとドロシーを見つめた。

「寝すぎだろう、それは」

呆れながらもラウル様は微笑んだ。

「屋敷にいる時より、フェンデル家に来てからの方がリラックスしているように見えます」

天敵レティがいないのだから当然だ。

「そうか、ではゆっくりと好きなだけ眠るといい」

急にラウル様は目を細め、フッと柔らかな笑みを見せた。

ドキッとしてしまい、パッと顔を逸らした。

ドロシーを撫でる優しい手つき、柔らかな視線。

なぜだろう、私、すごくドキドキしている。カーッと熱くなってきた頬に手を添えた。

なんなの私、最近ラウル様を前にすると変になる。

その時、少し離れたところでジッと見ていたイスが、パッとソファに飛び乗ってきた。

「わ、お前が乗っては重いだろう」

なんとラウル様に寄りかかり、イスもソファに寝そべった。顔をグッとドロシーに近づけている。

これはあれだ。寝るポーズに見せかけて、ドロシーの側を陣取ったのだ。

「こっ、こら。あまり押すな。狭いだろう‼」

二人掛けのソファで身を縮こまらせて座るラウル様。だがイスは知ったこっちゃない。ドロシーの側にいようと必死だ。ドロシーは温かな膝の上で幸せそうに丸くなっている。微笑ましい光景だ。

だが十分もするとラウル様が根を上げた。

「ひ、膝が……」

「あら、痺れました？」

最初は軽いと思っていても猫の重さは徐々にくる。初心者には厳しいだろう。

「ぐっ、バカな、そんなことはない!!」

唇をプルプルと震わせて否定する。無理はしなくていいのに、負けず嫌いなのだろう。

猫好きは膝の上から猫をのかすことに苦悩する。十分に承知しているため、手を貸すことにした。

手ごろなクッションを手にする。

「よし、柔らかいし、寝心地も良さそうだわ」

ポンポンとクッションを叩き、誰も腰をかけていないソファへセットする。

それからドロシーを抱きかかえ、頬ずりをする。

「ごめんねドロシー。あっちのソファに移動してね」

イスもトンッとソファから下りた。すぐさまクッションの側に行き、寝転んだ。

「ほら、イスが一緒に寝てくれるって」

ドロシーをクッションにそっと下ろすと、しばらくキョロキョロと周囲を見回したが、大人しく横になった。

その側にピタッと張りついているイス。まるでドロシーを守っているみたいだ。微笑ましい光景に目尻が下がる。

「さてと」

パッとラウル様を見ればソファに座ったまま、真剣な顔をしている。

「動くと痛いですよね、痺れている時は」

「ぐっ、大したことではない」

胸を張り、ラウル様は強がってソファから立ち上がった。

そんな彼に少しいたずらしたくなった。

「本当ですか〜〜？」

ソソッと近づき、チョイッと指で太ももをつつく。

「ウッ!!」

ラウル様はバランスを崩した。その拍子に、ガシッと両肩を掴まれる。

えっ――!!

慌ててラウル様の体を手で支えると、爽やかな石鹸の香りがフワッと鼻孔をくすぐる。

すぐ目の前にラウル様の顔がある。

どうしよう、ちょっとしたイタズラのつもりだったのに……!!

ラウル様は今、どんな顔をしているのだろう。恥ずかしくなり、直視できない。

心臓がドキドキと音を出す。

「だ、大丈夫ですか」

「あっ、ああ」

声をかけるとラウル様も距離の近さにハッとしたようで、パッと体を離した。

ラウル様はよろめき、再びソファにドサッと腰を下ろす。

「急に摑んですまない」

謝罪しながらも、ラウル様の顔は真っ赤になっている。

髪をかき上げ口を真一文字に結び、精いっぱい強がる態度を見せたので笑ってしまった。

「わ、笑うな」

「すみません、でも止められなくて」

口を手で覆うけど、堪えきれなかった。

真っ赤な顔でジロリと私をにらむが、いつもの迫力は半減している。

イスは顔を上げ、こちらに視線をチラリと投げた。べったりとソファに横になり、お行儀がいい。

「少し前からは考えられないな。前はこの部屋を破壊しまくっていたのに」

ラウル様は苦笑する。

確かに私と出会ってから、部屋の物を壊す行為はなくなった。きっとストレスが軽減されたのだろう。そうだといいな。

「――出資金の件だが」

「へ？」

頰杖(ほおづえ)をつき、いきなり切り出したラウル様に、パチパチと瞬きをした。

彼はゴホンと咳払いする。

「イスもだいぶマシになった。これなら大丈夫だろう」

「……どういう意味ですか？」

「出資金を出そう」

えっ、うそ⁉

「本当ですか？」

驚いて大きな声が出てしまう。

「私は約束を守る」

眉間に深く皺を刻み、ラウル様はきっぱりと宣言する。

やった――――‼　自立への第一歩‼

両手を上げて大喜びする私に、少し落ち着けとラウル様は言った。

でもこんなに早くラウル様が決めてくれるなんて。私を見極めるのに、もっと時間がかかるかと思っていたのに。

「ありがとうございます、頑張ります‼」

ウキウキで宣言する。

「これから忙しくなるわね、まずは店舗を探して――」

やることリストを作成しなければならない。一つずつ指折り数える。

「せっかちだな。そんなに急がなくてもいいだろう」

苦笑するラウル様に、パッと顔を向ける。

「いいえ、グズグズしていられません。私の将来がかかっているのですから」

「大げさだな」

そんなわけあるか。

「呑気にしていたら結婚させられてしまうので」

「け、結婚⁉」

ラウル様の声が裏返った。肘をついていた顎がガクッと外れ、身を乗り出してくる。

「そ、それはどういうことだ」

あら、知らなかったのかしら。この反応を見ると、まだ言ってなかったようだ。

「お恥ずかしい話ですが、グレイン家には借金がありまして。バルトン家が幼なじみのよしみで肩代わりをしてくれるそうなのですが、その条件が私との結婚でした」

正直、セドリックがなにを考えているのか、まったく読めない。だが叔父夫婦はお金のためなら、私の気持ちなどお構いなしだ。このままでは強引に話を進められてしまう。

「私が借金を返せば結婚しなくてもいいし、あの家を出て自由になれる。そう叔父と約束を取りつけまして。だからこそ、私にはお金が必要で、得意な動物相手の仕事をしたいと思ったのです」

それもようやく今日、夢への一歩が踏み出せた。

ラウル様は支援してくださると約束してくれたし、そうと決まれば早く動かなければならない。善は急げだ。

熱く語る私を前に、ラウル様は深刻な表情をしている。

足を組み直すと、真っすぐに私を見据えた。眉間に皺を寄せ、表情は険しい。

やがて静かに口を開く。

「――その借金、私が肩代わりをしよう」

「へっ？」

間抜けな声が出てしまった。

言われたことが理解できなくて、パチパチと瞬きを繰り返す。無言でいる私を前にしてラウル様はゴホンと咳払いする。

その音でハッと我に返った。

「い、いけませんよ。グレイン家の問題にラウル様を巻き込んでしまうのは……」

申し訳なくて、最後はごにょごにょと言葉を濁す。

するとラウル様はさらに深く眉間に皺を刻み、前のめりになる。

「出資するとなれば、私も無関係ではなくなるだろう」

「そ、そうですけど……」

だが、ラウル様に迷惑をかけてしまうことは気が引ける。

「事業を始める前に結婚させられては困るだろう」

「それは困ります‼」

自然と語気が強くなる。せっかくいい流れできたのに、邪魔されたくない。

「そうだろう」

ラウル様は深くうなずく。

「借金は私がいったん肩代わりする。これで婚約に縛られることはない」

なんていい人なのだろう、ラウル様。

これでセドリックとの婚約話が完全に消滅するだろう。ばんざい‼

この場で小躍りしたい気分だ。嬉しくなり、思わずラウル様の手を取り、両手で掴んだ。

「では、甘えることにします、ありがとうございます‼　借りたお金は必ずお返しします‼」

いきなり手を掴まれたラウル様は困惑したようで目を丸くした。だが、徐々に顎から上にかけてカーッと赤くなった。

「か、勘違いしてもらっては困るが、その動物に好かれる才能を見込んでだからな」

「はい、チャンスをくださったラウル様に感謝いたします」

サッと視線を逸らすラウル様は耳まで真っ赤になっているが、それより感謝の気持ちでいっぱいだ。

「こ、これからバリバリ働いて事業を成功させてもらう」

「はい‼」

強気な口調に、背も高くて強面。眉間に皺を寄せていることが多いので、ちょっと怖い印象を与えるラウル様だけど、本当はすごく優しい人だ。

彼の期待に応えたいと思ってしまう。

「頑張りますから、サポートお願いしますね」

握りしめたラウル様の手を上下にブンブンと勢いよく振る。

「わ、わかったから、まずは離せ」

真っ赤になって慌てているラウル様に、にっこりと微笑む。

「明日、グレイン家を訪ねるとしよう」

えっ、早速叔父に話をつけてくれるのだろうか。

「早い方がいいだろう」

私の考えが見透かされたのか、断言する。

「あ、ありがとうございます!!」

嬉しくなって深々と頭を下げる。

こうと決めたらさすが、仕事が早い。大きな心配事が減り、上機嫌で帰路についた。


翌日の午後。

屋敷に一台の馬車が停まる。

窓の外からその姿が見えると、玄関まですっ飛んでいく。

「お待ちしておりました、ラウル様」

扉を開け、満面の笑みで出迎える。

「こちらへどうぞ」

ウキウキしながら客間へ案内した。

昨日屋敷に帰ってすぐ叔父に、ラウル様が明日屋敷を訪ねると伝えておいた。

フェンデル家のラウル様から話があると言えば、叔父も文句が言えない。

「いきなり訪ねてきてすまない」

「いえいえ、ラウル様にお越しいただくなど、申し付けてくだされば、私の方がお訪ねしましたのに。わざわざ、すみません」

叔父はペコペコと頭を下げ、低姿勢で出迎える。

――だが私は知っている。

『いきなり明日とは、礼儀を知らない若造だ』と、家族の前では息巻いていたのを。

あの勢い、どこへいった。

シラーッとしらけた顔で、目を細めて叔父を見てしまう。

「まずは座ってください」

勧められるまま、ラウル様はソファへ腰かける。私は三歩ほど下がって立ち、その場で見守る。

「で、どういったお話でしょうか」

叔父が切り出すとラウル様は上着の内側から書類を取り出す。

それを机の上に広げ、叔父に見せた。

「アステル嬢が新しい事業を立ち上げるそうだ」

「事業⁉」

叔父は目を丸くし、勢いよく顔を上げる。私に視線を投げ、パクパクと口を動かしている。酸欠の魚みたいだ。

「そうよ、叔父さま。自立するつもりだって言ったでしょう」

目を白黒させている叔父はよほど驚いたのか唇を震わせ、言葉が出てこないようだ。そこで一気に畳みかける。

「これから事業を始めるというのに、婚約なんて絶対したくありません。ラウル様に相談しましたら、借金を肩代わりしてくれることになりました」

「だがお前……‼」

「事業が軌道に乗ったら、私がそのままラウル様に借金を返します」

これで文句はないはずだ。

今まで育ててやった恩だのなんだの言われ続けるぐらいなら、借金は私が払ってもいい。その代わり、私を自由にしてくれ。

私はもうあなたたちと暮らしたいと思わない。

叔父にとって、セドリックだろうが、ラウル様だろうが借金を肩代わりしてくれるのなら、どちらでもいいはずだ。

これでしばらく借金取りの訪問から、逃れることができるのだから。

「し、しかし――」

だが叔父は予想外の反応を見せた。

借金の肩代わりをする契約書を見つめたまま、渋い顔を見せる。

「もし、この子の事業が失敗したら、どうするんですか？」

聞き捨てならない台詞を聞き、カチンときた。

まだ始めてもいないし、どんなことをするのか聞いてもいないのに、失敗したらだなんて、まるで失敗することが前提と言いたいのかしら。

「さらに借金を重ねることになったら、誰が責任取るんでしょうか？」

叔父は不安を顔に浮かべているが、自分に火の粉がくるのを恐れているのだろう。本当、自分の身が一番可愛い人だ。

その時、ラウル様がゆっくりと足を組む。

顎をクイッと上げ、静かに口を開く。

「――私が見込んだ事業が失敗するとでも？」

不機嫌そうな低い声から、怒らせた空気を感じる。

「いっ、いいえ、滅相もないです!!　素晴らしい取り組みです!!　ええ、さすがラウル様、目の付け所が違いますね」

急にヨイショし始めた叔父だが、まだ事業に関しては一言も説明していないってば。

「事業が軌道に乗らなかった場合、見切りをつける場合もある」

ラウル様ははっきりと言い切った。

そうだ、慈善事業ではないのだ。これはビジネス。儲(もう)けがなければ支援などしないだろう。途中で打ち切られる恐れもあることを、覚えておかねばならない。

厳しい言葉に身が引き締まる思いだ。

「始めは半信半疑だったが、彼女の一生懸命な姿を見てチャンスを与えてやろうと思った」

思いがけない言葉に顔を上げ、ラウル様を見つめる。彼の表情から迷いがないことを感じた。

「その時、私どもに請求が来ませんか？」

ラウル様は静かに首を横に振る。

「その場合、一緒に被るのは出資者である私だろうな」

叔父には一切面倒をかけないと言い切ったラウル様。どうしてここまでしてくれるんだろう。

血の繋がった叔父でさえ、自身の保身が一番大事だというのに、なぜこうまで言ってくれるの。

ちょっと私、勘違いしてしまいそうになる——。

胸がドクンドクンと高鳴る。

「万が一、事業が失敗した場合、アステルに責任を取ってもらう場合もある」

私の決意を確認するためにも、わざと私に聞かせているのだろう。

その覚悟はあるか、ということを。

私、やるわ。

拳を作り、ギュッと握りしめた。

「やります‼　やらせてください」

決意表明し、深く頭を下げた。

「チャンスをください。事業を始めて自立して、この家から出ます」

上手くいかなかった場合は考えない。前に突き進むのみだ。

「最悪の場合、アステルには体で返してもらうつもりだ」

もちろんである。フェンデル家で一生、無給の使用人として仕えてもいい。

――ん？　でもちょっと待って。体で返すって、どういう意味だろう。

「えっと……」

思わず声が出てしまう。

ラウル様はゆっくりと顔を向け、私を見つめる。パチパチと瞬きを繰り返した。

「あの……体で返すって……どういう意味」

聞きながら、顔がボッと火照ってくる。

「私がラウル様に奉仕するのですか？」

思い切って口にすると、ラウル様はあんぐりと口を開けた。みるみるうちに首から上が赤くなる。

「バ、バカか!!　はしたないことを口にするな!!　労働で返してもらうという意味だ。勘違いするな!!」

「で、ですよね」

ホッと胸を撫で下ろすがドキドキする胸の高鳴りは静まるところを知らない。

動揺している私とラウル様を前に、叔父は咳払いする。

「事業の件はわかりました。ラウル様が支援してくださるのなら、心強いでしょう」

ジロッと私を見つめながら口にするが、視線で圧をかけている。

決して我々に迷惑をかけるなよ、と。

「だが、家から出すのは反対です」

は？

叔父の言葉に驚いて、声が出そうになる。

最初の約束と違うじゃない。借金を肩代わりしたら自由になれるんじゃないの⁉

「アステルはまだ幼い。それに亡き兄の忘れ形見でもあります。それこそ、レティと同様、娘同然だと思って育ててまいりました」

いきなり、しんみりした口調で話すが、微塵も思っていないでしょう。

時には使用人同様に扱い、レティの子守や、雑用全般を押しつけたりするくせに。今さらながら家族ごっこはやめて欲しい。しらじらしくて、呆れてしまう。

「大事な家族です。まだ手元に置いておきたい、私、いや、家族の気持ちを知っておいてください」

それは私がいると、なにかと便利だからだろう。情に訴えているようだが、私の心には響かない。

でも、叔父の性格からして、借金の肩代わりの申し出とか、大喜びで飛びついて尻尾を見せるかと思った。渋った態度を見せるところが、引っかかる。

事業の件にしろ、成功したら報酬を何割か寄越せ、ぐらい言ってくるだろうと思ったが、それも言わなかったのはラウル様がいたからだろうか？

私をこの屋敷に閉じ込め、これからもいいように使おうと思っているのなら、嫌なこった。

ラウル様の申し出により、セドリックとの婚約もなくなったことだし、私は全力で事業展開に力を入れるのだ。

一通り話し終えたラウル様を玄関まで見送る。

馬車に乗り込む前に一言お礼を伝えたい。叔父から離れ、近寄った。

「今日はありがとうございました」

ラウル様はなにか言いたげに、私の顔をジッと見つめる。

「どうしました？」

「いつもこんな感じなのか」

きっと叔父との関係のことを言っているのだろう。びっくりさせてしまったかもしれない。

「ええ、そうなのです。これが日常です」

苦笑するとラウル様は黙り込む。顎に手を当て、深く考え込んでいるようだ。

「ラウル様？」

声をかけるとハッとして我に返る。

「ああ、では、失礼する」

そのまま馬車に乗り込み、出発した。

「おい、アステル」

馬車の姿が見えなくなった途端、叔父の不機嫌な声がかかり、肩をビクッと震わせる。

「はい、なんでしょう」

「親代わりとなってお前を育てたのは私たちだぞ。お前がなんの事業をするのか知らんが」

「ラウル様には企業秘密だと言われています。その方が人々にインパクトを与えるということで」

下手に口にして、邪魔されては困る。ラウル様と口裏を合わせ、叔父には当日まで秘密、ということにしている。

「お前が失敗しても、一切の責任は負わんからな」

「わかってます」

念を押さなくても知っとるわ‼　何年、腹黒いあなたたちの側にいたと思っているの。

「だが、成功したら、報酬の半分は家に入れるんだぞ」

……やっぱりそうきたか。

想像通りすぎて笑えてしまう。

「それはラウル様にご相談しないと返答できません」

にっこり微笑むと、叔父がたじろぐ。

バックにラウル様がいると心強い。なにより、叔父が逆らうことのできない相手だからだ。セドリックの場合は親同士長年の知り合いだし強気でいけるが、ラウル様は格上だ。そんな相手にこの小心者の叔父が歯向かえるわけがない。せいぜい陰で悪態をつくぐらいだ。

叔父は体勢を整え、ゴホンと咳払いする。

「それと家からは出さないからな」

「は？　なぜです？」

なぜそこにこだわるのか、意味がわからない。

「私たちは家族だろう？　お前がいなくなるとレティも寂しがるだろうし――」

「忙しいので部屋に戻ります」

今さら私を引き止めようとしたって無理だ。私はもう自立に向けて動き出そうとしているところなのに、水を差さないで欲しい。

「あっ、おい、待て。話は終わってないぞ」

「ラウル様に事業について勉強するように言われているので」

その名を口にすると叔父はグッと言葉に詰まる。

「失礼します」

このまま叔父の相手はしていられず、自室に戻った。


数日後、私とラウル様は街に来ていた。今日はペットサロンを開くための店舗探しだ。

人を集めるなら、活気がありにぎわうクロレスの街が最適と思えた。

街の大通りには出店や商店が並ぶ。中心部より北の方には高級店があり、貴族が通っている店もある。

ラウル様は真面目そうな中年の男性を引き連れてきていた。

貸し店舗を管理し、貸し借りの仲介の仕事をしている方だ。ようは不動産屋さん。

「本日は良い物件を紹介できるように努めます」

「よろしくお願いします」

聞けばクロレスの街で曾祖父の代からこの仕事をしているらしい。きっとクロレスの街にとても詳しいのだろう。

「動物を飼われる方々は、お金に余裕のある方々、つまり貴族の方だと思うのです」

私たちはクロレスの街の二番通りを中心に、空き店舗を紹介してもらう。

一件目の店は広くて新しかったが、裏通りにも近かった。

「立地があまり良くないですね」

「昼間はまだいいとして、裏通りは酒場が密集しているので、お酒に酔った人々が多いかと。それではターゲットである客層の目に入らないかもしれません」

気を取り直し、次に向かう。

向かった先は、極小店舗とでもいうのだろうか。ほんの二畳ほどのカウンター。これではイスのような大型犬を扱うには厳しい。なによりも、動物たちに窮屈な思いはさせたくない。

立地はとてもいいが、残念だ。

「三軒目に行くか」

「ええ」

次に案内されたのは、日当たりのいい物件だった。物件自体は多少古いが、広さは申し分ない。

「こちら、お勧め物件です」

案内人が扉を開けると、想像していたより、中もずっと広かった。

「わぁ……」

建物に足を一歩踏み入れ、キョロキョロと見回す。

カウンターがあり、奥には大きな作業机もある。広々としているのでケージも複数置けそうだ。

裏口に繋がる扉もあるし、使い勝手は良さそうだ。

それに部屋の奥には階段があった。

「二階があるのですか？」

「ええ。ここは住宅兼店舗です」

なんていい店舗なのだろう。二階が住居で一階が仕事場だなんて。これなら店に住み込んでペットホテルとしても営業可能だわ。

「最高ですね」

「気に入っていただけたようで、なによりです」

三軒目にして私が気に入った素振りを見せたので、案内人はホッとした表情を見せた。

だが、一人渋る顔を見せる人がいた。

「二階は住居だと？　まさか住む気か？」

焦って問い詰めてくるラウル様を前に、目をパチクリとさせた。

「なにか問題がありますか？」

首を傾げる私を前に、ラウル様がクワッと目を見開いた。

「正気か!!　女性一人でここに住むなど、防犯意識はどうなっている!!」

「鍵はありますよね？」

案内人に問うと、オロオロしつつも返答する。

「はい、窓も扉も鍵はついております」

「──だそうです」

胸を張って答えた。だがラウル様は納得していないようだ。

「鍵などその気になれば、いくらでも壊せる」

ちょっ、物騒なことを言うのは止めて欲しい。

「ですが、いくら強盗だって、開店したばかりのペットサロンを狙うより、宝飾品を扱う店を狙うのではないでしょうか？」

この二番通りには、もっとお金を持っていそうな店はたくさんある。

「──狙われるのは、金だけだと思っているのか？」

低く唸るような声を絞りだすラウル様のこめかみはピクピクと動いている。叫びたいのをぐっと堪えているかのようだ。

「あっ、他にもありましたね」

「そうだろう」

ようやく気づいたかと言わんばかりに深くうなずいた。

「可愛い動物が盗まれてしまう恐れがあります‼」

途端にラウル様はガクッと肩を落とす。

「え、違いますか？」

手で顔を覆ったラウル様は、呆れているようだ。

深くため息をつき、ジロリと厳しい目を向ける。

「女性一人では危ないだろう！　もっと危機感を持て。ここには住むな。店舗だけ使用するんだ」

「ええ〜……」

せっかく二階もあるのに使わないなんて、もったいない。不満げな声を出す。

「私、自立したいと言いましたよね？　だったら、ここに住めば夢が叶う（かな）のかと……」

「自立する考えは賛成だ」

ラウル様は深くうなずく。なら、話は早いじゃないか。

「もっと入念な準備が必要だ。身の安全が確保できる場所で、きちんと生活が送れることが前提だ。事業はまだ始まってもいない。考えたくもないが、事業が失敗したらどうする？　店舗を閉めると同時に住む場所も失うぞ」

ラウル様は顔をしかめ、鋭い質問を投げかける。

「今すぐここに住むというのなら、護衛をつけよう!!　一日中、店舗の外で不審者がいないか見張らせることにする」

ラウル様は名案を思いついたとでもいうように、手を叩く。

「えっ、ちょっと待ってください」

店の外に護衛がいたら、お客が入りにくいではないか。

ガシッとラウル様の上着の裾を掴む。

「わかりました、ここには住みませんから‼」

護衛に張りつかれていては落ち着かない。

「そうか」

ラウル様はホッとした様子で頬を緩めた。

「それと、夜遅くまで店を開けるのもダメだ。帰りが遅くなる」

「はい」

「必ず日が暮れるまでに店を閉めること。間違っても居残るのはダメだ。認めない」

「はい」

くどくどと言ってくるが、私を心配してなのだろう。思わずクスリと笑ってしまう。

「なんだ」

ラウル様が目ざとく気づく。偉そうに両腕を組み、顎で返事をうながした。

「私を心配してくれているのですよね」

「はっ⁉」

指摘するとラウル様は目に見えてうろたえ始める。

「な、な……」

どうやら図星だったらしい。口調が厳しく過保護な気もするが、すべて私を心配してのことなのだろう。

彼の本心に気づくと、なんだかくすぐったくて変な気持ちになる。

だって、私の家族と呼べる人たちは、私のことなどここまで心配してくれない。

家族からも大切に扱われないのに、他人であるラウル様がこうやって大事にしてくれているのだと思うと、胸の奥が温かくなる。

厳しい物言いも、すべて私を心配してのことだと感じるからだ。

「しゅ、出資者である以上、店長の安否を気遣うのは当然のことだからな!!」

ふんぞり返って胸を張るラウル様。だが、その顔は真っ赤に染まっている。

その時、店の外に人影が見えた。

なにやら話し声も聞こえる。ラウル様と私、そして案内人と顔を見合わせる。

「確認してまいります」

案内人が扉を開けると、人懐っこい笑みを浮かべた人物が顔を出した。

「あっ、いたいた、ラウル!!」

そこにいたのは、舞踏会で一度出会ったラウル様の友人、確か名前は――。

「アレン様?」

呼ばれた彼はにっこり微笑んで、私の手を取った。

「わぁ、名前を覚えていてくれたなんて嬉しいなぁ。久しぶりだね、アステル」

ブンブンと私の手を上下に振る彼は、嬉しくて尻尾を大きく振る子犬みたいだ。

「アレン、少し落ち着け」

続いて外から顔を出した人物は、流れるウェーブのはちみつ色の髪を一つにまとめ、パッと人目を惹く、華やかな容姿をしている。

爽やかな新緑色の瞳を向け、私と向き合う。彼はええと——。

「レイモンド様」

名前を呼ぶと、ドキッとするような魅力的な微笑みを見せる。

「やあ、アステル嬢。名前を呼んでいただけるとは光栄だな」

アレン様とはまた違った大人の魅力が感じられる。

アレン様から私の手をサッと奪うと、ゆっくりと腰を折って手の甲に口づけを落とす。

「会えて嬉しいよ、アステル嬢」

魅惑的な挨拶にドギマギしてしまう。かっこいい男性から見つめられて、淑女に対する挨拶をされたことはあまり経験がないからだ。

その時、私の前にヌッと広い背中が立ちはだかる。

「アレン、レイモンド。どこから聞きつけてきた」

ラウル様が仁王立ちし、彼らを問いただす。

「それがラウルの屋敷を訪ねたら、街で店舗探しをしていると言っていたからさ」

「なにやら楽しいことをしているようだな、ラウル。話してくれてもいいじゃないか」

アレン様とレイモンド様に、ラウル様は小突かれている。

「この街で空いている店舗といえば、ここと裏通りにある一軒が思い浮かんだので、イチかバチかと思って来てみたのさ。そしたら案の定、ここにいた」

アレン様はいたずらが成功したように得意げだ。

「お前ら……ヒマだな」

ラウル様の口調は呆れつつも、友人と会えて楽しそうだ。

「まあ、そう言うなよ」

レイモンド様がラウル様の肩をポンと叩く。

「つれないじゃないか。ずっと三人で遊んでいたのに、いつの間にか女性と屋敷にこもっていただなんて、気になるだろう」

「こ、こもっていたわけではない‼」

ラウル様は否定するが、確かにイスのことがあったから、ここしばらくは行動を共にしていた。

「それにあのラウルが女性と二人きり？　浮いた噂のなかったあのシスコ……いや、ラウルを夢中にさせた女性は誰だと皆が噂しているぞ」

「おい、言っておくが私はシスコンではない」

ラウル様がジロリとレイモンド様をにらんだ。

「まあ、友人として手伝えることがあれば、いつでも言ってくれ。以前言っていた、新しい事業をやるのだろう？」

レイモンド様は朗らかに笑いながら続ける。

「人脈が必要なら紹介し、友人たちにも広めよう。日頃世話になっているからな、恩を返したいんだ」

「レイモンド……感謝する」

ラウル様は素直に礼を口にする。

「あっ、ラウル‼　僕も僕も‼　僕も手伝うから、なんでも言って‼」

アレン様がハイハイと片手を伸ばし、はしゃいで名乗り上げる。

ラウル様はチラッと視線を投げた。

「気持ちだけで結構だ」

「ひどい、このレイモンドとの差‼」

嘆くアレン様が叫ぶ。

前も思ったが、三人のかけ合いは見ているだけで楽しい。仲の良い友人に恵まれてうらやましい。

「それはそうと、用事があったのではないか？」

ラウル様がたずねると、アレン様がパチンと指を鳴らす。

「そうだった、はしゃぎすぎて忘れるところだった。ラウルにお願いがあって」

「なんだ、改まって」

少し真面目な顔つきになったアレン様。ラウル様も身構える。

「実はラウル――」

「いや、断る」

アレン様が言い終わる前に、ラウル様はビシッとシャットアウトした。

「まだなにも言っていないだろう‼」

「アレンが持ってくる話は、たいがい騒動に巻き込まれる。むしろ胸騒ぎしかしない」

長年の付き合いだけあって、お互いを熟知しているらしい。

そこでレイモンド様が助け船を出した。

「まあまあ、ラウル。とりあえず話を聞いてやってくれよ」

レイモンド様に諭され、ラウル様は渋々ながら耳を傾けた。

「ラウルに、っていうより、正確にはアステルにも関係するんだけど――」

「私にですか？」

アレン様は申し訳なさそうにチラリと視線を投げる。

なんだろう。会って二回目のアレン様が私に関係する話を持ってきたとは。

緊張し、背筋を正す。

「そう硬くならずに聞いて欲しい。動物に関係することなんだ」

「動物ですか？」

「アステルは動物に詳しくて、それに関係する事業を考えているって聞いたからさ。相談してみようと思って」

「わかりました」

私で力になれるのなら、手助けしたい。静かに耳を傾ける。

「実は数日前に屋敷にオウムが迷い込んできたんだ。人慣れしているけど、飼い主はわからないし、困ってしまってね。外に放りだすわけにもいかないし」

アレン様の話によると、いったん保護することにしたそうだ。

「でも、そのオウム。最近になって自分で羽根を抜いちゃうんだ。なにが原因かわかる？」

「自分で羽根をですか……」

すぐさまピンときた。それは環境が変わったせいもあるし。ストレスかもしれない。

「失礼ですけど、どのぐらいの時間をオウムと過ごされていますか？」

「それが保護したのはいいけど、僕も忙しいからあまり構ってやれなくてね。申し訳なく思っている」

「多分、環境の変化と人寂しいストレスかもしれません」

「ストレス？」

アレン様が聞き返したので、大きくうなずいた。

「人慣れしているのなら、人間が大好きだと思います。構ってあげないとストレスで体調を崩すほどコミュニケーション大好きなオウムもいます。きっと寂しいのかと」

「それなら思い当たる節はあるな……」

アレン様は申し訳なさそうな表情を浮かべ、頬をかいた。

「でも良かった。悪い病気だったら、どうしようかと心配していたんだ。ストレスなら、原因を取り除けば、自分の羽根を抜くなんて行動、取らなくなるよね」

「おそらく、そうだと思います」

アレン様は名案を思いついたとばかりに指をパチンと鳴らす。

「ラウルのところの犬、イスと一緒にいさせてあげてくれないか。イスと一緒なら寂しさも紛れるかもしれないじゃないか」

「おい、うちは動物の集会所ではないぞ」

ジロリとにらむラウル様は、アレン様の頼みを一瞬ではねのけた。

「いい案だと思ったんだけどなぁ」

それっきり顎に手を当てて考え込むアレン様は悩んでいるようだ。

オウム……。

私は興味が出て、うずうずしてきた。

そのオウム、ぜひ私に引き取らせてください!!　そう言ってしまいたい。

でもダメよ、アステル。落ち着いて。

いきなりオウムを連れて帰ったら、叔父夫婦になにを言われるかわからない。それこそ勝手に窓から逃がされてしまう危険もある。

あの叔父のせいで余計にストレスがかかるかも。引き取ったら、三日で羽根がすべてなくなったりして。叔父の髪より薄くなってしまったら困る。笑えない。なによりオウムが可哀そうだから、簡単に引き受けてはいけない。

眉間に皺を寄せ、険しい表情を浮かべていたのだろう。

それに気づいたアレン様が声をかけてくる。

「ごめん、悩ませてしまったね。そんなに悩まないで大丈夫。オウムにとってどうすればいいか、ちょっと考えるよ」

アレン様は肩をすくませる。

その時、ラウル様とパチッと目が合った。

こちらを気遣う表情を浮かべてから、やがてハーッと深いため息をつき、肩を落とす。

「……どこだ、そのオウムとやらは」

「えっ……？」

私とアレン様は同時に顔を見合わせた。

それってまさか……。

聞いた途端、アレン様はパッと顔を輝かせる。

「さっすがラウル‼　話が早い‼　かっこいい‼　大好き‼」

その勢いでアレン様は両手を広げ、ラウル様に抱きついた。

「やめないか‼　気持ち悪い‼」

だが全力でラウル様に拒否され、引っぺがされていた。

「さすがだな」

レイモンド様も色気たっぷりに、フッと微笑む。

「元から俺に押しつけるつもりで話を持ってきたのだろう」

ジロリとラウル様がアレン様をにらむと、悪びれもなく舌を出した。

「いや、ラウルだったら、これから新しい事業を始めることだし、なんとかしてくれるかな～って」

ポリポリと頬をかきながらアレン様が白状する。

「いや、恩に着るよ。その代わりといってはなんだけど、事業の件はお手伝いさせて欲しい」

アレン様はガシッと私の両手を取った。

「ラウルは女性の気持ちに疎いところがあるからさ。見た目も怖いし、口調も偉そう、言い方もきつい。ラウルのことで悩みがあれば、すぐに相談して」

「……おい」

本人を前にして言いたい放題口にするアレン様に、便乗してうなずくレイモンド様。

二人に挟まれ、私はタジタジになる。

ラウル様は眉間に皺を寄せて目を細め、アレン様をにらむ。

私は勇気を出して顔を上げる。

「あの、ご心配いただいてありがたいのですが、大丈夫です」

「と、いうと？」

アレン様が不思議そうに首を傾げた。

「ラウル様はとても優しい方なので」

アレン様が目を丸くし、レイモンド様は瞬きを繰り返す。

「確かに威圧感があって怖い印象だし、厳しいことも口にしますが、間違ったことは決しておっしゃいません。相手を心配するあまり、厳しい言い方をして誤解され、ちょっと損をしていると思いますが」

私が口にせずとも、このお二人ならとっくに理解していると思うけど。

アレン様は私の手をパッと離すと、うつむいた。その肩は小刻みに震えている。

「あっ、あの、アレン様……？」

どうしたのかしら。急に具合でも悪くなった？　気になったので顔をのぞこうとした。

「さ、酒だっ‼　酒を持ってこ――い――‼」

アレン様がガバッと顔を上げ、両手を広げて叫ぶ。び、びっくりした。

「すごいよ、ラウルを誤解しない女性がいたなんて‼　これはお祝いをしなければ‼」

一人で興奮してはしゃぎだしたアレン様。上気した顔で目を輝かせている。

「痛っ」

その時、背後からアレン様の頭がワシッと掴まれた。ラウル様だった。

「落ち着け、アレン……‼」

真っ赤な顔をしながらも凄（すご）みを利かせる。

「もーラウルってば、照れ屋さん」

アレン様はラウル様に正面から凄まれても、動じない。それどころか、ラウル様の鼻先を笑いながら指でチョンと突く。つ、強い方だわ。

「いいから話を最初に戻せ。で、そのオウムとやらは？」

「あっ、そうだった‼　ちょっと待ってて」

アレン様は慌てて店の外へ出て行った。そしてすぐに大きな鳥カゴを持って登場した。

「開けてみて。人慣れしているから大丈夫」

カゴに白い布が被せられている。オウムを落ち着かせるためだろう。

白い布をそっとのけると、オウムの姿が露わになる。

「可愛い‼」

見た瞬間、思わず口走ってしまった。

白い羽根に覆われて、黄色い冠羽を頭上でクルッと大きく跳ねさせているのがとてもキュート。

まん丸の黒い目に、立派なくちばし。

ただ、アレン様が言っていた通り、胸のあたりは羽根が生えておらず、痛々しい。

「私はアステルよ。よろしくね」

カゴごしに挨拶をすると、オウムは首を傾げる。

「アステル――？」

「すごい、この子、喋ったわ‼」

オウムは高い知能を持つというが、お喋りやダンスをすることもある。

「これからよろしくね」

胸元の毛もすぐに生えるように、一生懸命お世話をするからね。

オウムは軽やかな口調で喋り出す。

「ナマエ、ピーター」

「ピーター？　あなたの名前はピーターなのね」

前の飼い主から可愛がられ、ピーターと呼ばれていたのだろう。

「早速、挨拶しているのか」

ラウル様がカゴの扉を開けると、ピーターはカゴから出てきた。

そしてすかさず、ラウル様の肩に飛び乗った。

「新しい飼い主がわかるのか」

ラウル様は驚きつつも、まんざらでもない様子だ。

だがいきなりピーターはラウル様の髪をくちばしで摑むと、わしゃわしゃと乱し始めた。

しまいにはピーターは髪を引っ張り始めた。

「ばっ、やめろ‼」

遊んでいるつもりなのか、遊ばれているのか。

「痛っ‼」

これにはラウル様も、ピーターの首をむんずと摑んだ。

「いいか、髪はやめろ。次にやったら丸焼きにしてやるぞ」

すっかり髪のセットが乱れたラウル様は真剣な顔で、ピーターに説教する。

「キエ――‼」

耳をつんざくほどの雄たけびをピーターが上げ、すかさず、摑んでいるラウル様の手をくちばしでつついた。

「痛っ!!　こいつ……!!」

レイモンド様はラウル様の肩をポンと叩いた。

「遊び相手ができて良かったじゃないか。いや、ラウルが遊んでもらっているのか？」

おどけて首を傾げるレイモンド様にアレン様が続ける。

「言い忘れていたけど、そのオウム、女の子が大好きみたいで。僕ら男にはちょっと厳しいところがあるかも」

正直に告白したアレン様にラウル様はクワッと目を見開く。

「は、早く言え!!　そんな大事なことを!!」

ラウル様が手を緩めるとピーターはラウル様から離れて、私の肩にチョコンと飛び乗った。

「あら、いらっしゃい」

指先を出すと、スリスリと体をこすりつけ、熱い歓迎をしてくれた。出会ってすぐにこんなに愛情表現をしてもらい、とても嬉しい。

「これからよろしくね」

「ピピッ♪」

先ほどラウル様に向かって雄たけびを上げたのと同じ鳥だとは思えないほど、甘えた声だ。

頬にしなだれかかり、スリスリと頬ずりをしてくる。

「良かった。アステルなら、上手くやってくれそうだね」

「……おい、引き取るのは俺だぞ」

ラウル様がジロリとにらむとアレン様は苦笑する。

「イスとも仲良くなってくれたらいいけど。まあ、定期的に様子を見に行くから。事業の方の宣伝は僕らにも任せて。ね、レイモンド」

レイモンド様は両腕を組んだ姿勢でにっこりと微笑む。

「交流のあるご婦人たちに広めておこう」

「ご婦人たち、って何人いるんだ、レイモンドは」

「皆、平等に仲の良い友人たちさ」

髪をかき上げ、魅力的な笑みを見せた。絶対、女性から人気があるに違いない。

「ピーターを飼育するにあたって必要な道具は屋敷へ届けさせるから。じゃあね。ピーター。元気で暮らすんだよ」

「クエッ——‼」

アレン様との別れの挨拶を理解したのか、ピーターは大きく返事をしたように聞こえた。

アレン様とレイモンド様はまた来ると宣言し、店を出て行った。

「とりあえず、どうしましょうか？」

肩にピーターを乗せながら聞いてみた。ピーターはその間もずっと身を寄せてスリスリしている。

「そうだな」

ラウル様は部屋の隅で大人しく見守っていた案内人に視線を投げた。

「とりあえず、一晩考えたいから、今日のところは保留にしてくれ。また明日来る」

「はい、わかりました」

ラウル様はこの物件で気になる点があるのだろう。二階かしら？　だが今日はまず、ピーターを屋敷に連れ帰ることが先決だ。

「イスとドロシーにも挨拶しないとね」

皆と顔合わせをしなければいけない。そのままフェンデル家へと戻った。


部屋の扉を開けると、真っ先にイスが駆け寄ってくる。

ドロシーもフェンデル家で一緒にお留守番させてもらっていた。ドロシーは寝ていたソファからゆっくりと身を起こした。

「ただいまイス、ドロシー。いい子にしていたかしら」

イスは私の足にまとわりつき、離れない。ドロシーはソファからスタッと下りて、近寄ってくる。しゃがみ込み、イスとドロシーを抱き寄せた。

「いい子ね」

部屋も荒らされておらず、大人しく待っていたようだ。

ドロシーはともかく、イスの変わりように驚くが、とても嬉しい。ドロシーという友達もできて、精神的に落ち着いてきたのかもしれない。

イスとドロシーを交互に撫でていると扉が開いた。

そこにはピーターが入っているカゴを手にしたラウル様の姿があった。

「まずはカゴ越しに対面させましょう」

カゴにかけていた白い布を取り除くと、ピーターが姿を現す。

イスとドロシーの視線が集中する。

「ナマエハ、ピーターヨー」

調子っぱずれの声でピーターが喋り出した。イスとドロシーはその様子を注意深く見守っているようだ。

機嫌よく喋り始めたピーターの声が耳障りだったのか、イスが小さく吠(ほ)えた。

しまった、時期尚早だったか。

だがピーターは気にせず喋り続ける。次第にイスの吠える声が大きくなってきた。

マイペースに喋るピーターに不快感を見せ始めるイス。もしかして相性が悪い？

心配し始めた時、それまで様子を見守っていたドロシーがすっくと立ち上がる。

イスとピーターの間まで歩いてくると、クルッとイスに顔を向ける。

「ニャッ‼」

イスの顔に見事な猫パンチをお見舞いした。

これにはイスもピーターもびっくりしたのか、二匹とも動きをピタッと止めた。

イスはすぐさまうなだれて身を伏せる。

まるで『うるさくしてごめんなさい。許して』と訴えているようだ。

ドロシーの一声で険悪になりかけていた空気が和らいだ。仲裁に入ってくれたのだ。

「さすがだな」

ラウル様は苦笑した。

「本当、ドロシー姉さんのおかげね」

同意してクスッと笑う。

イスもピーターもやんちゃな男の子なイメージだけど、ドロシーの貫禄(かんろく)には敵(かな)わないのだろう。そんな気がした。

「明日のことなのだが――」

ラウル様が切り出したので耳を傾ける。

「明日も店舗に行こうと思う。今日とは時間をずらして夕方だ。ついてくるか?」

遅い時間になってしまうことを気にかけてくれているようだ。でも帰宅が遅くなったとしても、心配する家族はいない。

「ええ、行きます」

笑顔で即答した。


翌日、ユリアにはいつもより遅くなることを告げ、屋敷を出る。

ドロシーの入ったカゴを膝に抱え、馬車に揺られながら考える。

出会ってからここ最近まで、ラウル様と一緒に過ごしている時間が多い。イスのしつけに、新しい事業まで始めることになって。

なんだかトントン拍子に話が進んでいる。怖いぐらいだ。

いつもレティや叔父夫婦という邪魔が入ることが多かったから、ここ最近の平和が信じられない。

なにかにつけて文句を言うので、本当は今回も、私が動くことを快くは思っていないだろうが、表立っては何も言ってこない。

それは単純にラウル様、フェンデル家という後ろ盾が怖いのだろう。そんな叔父に怖がられているラウル様だけど、友人たちと本当に仲が良い。昨日の一件を思い出し、クスリと笑う。

心を許しているからこそ、軽口を叩き合えるのだろう。

いいなぁ、友人がいて。

ユリアは信頼しているし大好きだが、雇用主と被雇用者という関係でもある。私に遠慮している部分もあるだろう。

今までは友人が少なくても平気だったが、改めてラウル様たちの関係を見ているとうらやましいと思ってしまった。

なんだか私、どんどん贅沢になっているような気がする。

ラウル様と行動を共にしていると、見たことのない世界に連れていってくれる。

屋敷にドロシーと閉じこもっていた時と比べるとかなり活動的になっている。

「新しい世界はこんなにも楽しいのね」

カゴの中のドロシーに語りかけるが、もちろん返事はない。きっと寝ているのだろう。

ラウル様と出会ったことで、夢に一歩近づいた。行動的になれたのもラウル様が側にいてくれるからだ。

「私もなにかあの人の力になりたいな」

窓の外に流れる景色を見ながら、ポツリとつぶやいた。


フェンデル家に到着し、イスの部屋に案内される。

「イス、ピーター、元気にしてたー？」

扉を開けると二匹が駆け寄ってくる。

「アステル、アステル」

名前を呼びながら私の肩にとまるピーターに微笑む。

「私の名前を覚えてくれたのね。嬉しいわ」

クルックック～と可愛らしい返事をし、身をスリスリと寄せてくる。

「今日はお腹（なか）の毛を抜いていないかしら？」

確認していると足元にすり寄ってくる柔らかな感触がある。

「イスもおりこうさんね」

イスは後ろ足だけで立ち上がり、前足を乗せてきた。

まるで『もっと構ってよ』とアピールしているみたいだ。素直に甘えてくるようになり、とても嬉しい。

「イスもいい子ね」

撫でてやると気持ちよさそうに目を閉じる。

「我が家のお姫様も連れてきたわよ」

カゴを下に下ろし、蓋を開ける。ドロシーが姿を現した途端、イスとピーターは大はしゃぎ。

「ドロシー、ドロシー」

ピーターは喋り出し、イスはクルクルとドロシーを囲んで回り始める。

「はいはい、皆ドロシーのこと大好きね」

三匹はそれぞれ仲良くやっている。特にイスは初対面の時よりぐっと表情が豊かになった。寄り添っている姿を見ると心が和む。

ホッとしているとドアが開く音が聞こえた。

「来ていたか」

「ラウル様、ピーターはもう私の名前を覚えたのですよ。それにドロシーのことも‼」

得意になって教える。

「アステル、アステル‼」

連呼するピーターの頭を撫でた。

「本当に賢い子で。人の言葉を理解しているみたいですね」

ラウル様は唇を真一文字にグッと結んだ。

「よし、俺の名前を言ってみるんだ、ピーター」

腰を折り、私の肩にとまるピーターと目線を合わせるラウル様。

だが、いつもはお喋りなピーターは途端に口を閉じ、一言も喋らない。

「ラウルだ、ラウル。言ってみるんだ」

グイッとピーターに顔を近づけ、名を呼ぶように迫った。

その瞬間、ピーターはラウル様の鼻にガブッと噛みついた。

「痛っ‼」

ラウル様が鼻を押さえ、のけぞった。

ふるふると肩を震わせ、ピーターの首を掴む。

「お前は、誰が引き取ってやったのか、忘れたのか⁉」

「クェ――‼」

ピーターの目に闘志の色が浮かぶ。長いくちばしでラウル様の手を連打した。

「や、やめろ‼」

慌てて手を引っ込めるラウル様と対照的に、ピーターは満足げに顎を上げる。

ふんっと、勝ち誇った鼻息が聞こえてきそう。

思わず笑ってしまう光景だ。

「ラウル様、いきなり首を掴むなんてダメですよ」

「お、俺が悪いのか？」

納得のいかない表情を浮かべるラウル様をたしなめる。

「まぁまぁ、ピーターも徐々に慣れていきますので。それより今日もお店に行くのですよね？」

「そうだ、今から街へ行く。帰る頃には日が暮れるが大丈夫か？」

「はい」

三匹には大人しく留守番をしてもらうことにした。

馬車に乗り込むと、ラウル様が口を開く。

「暗い時間も見ておかないとな」

ラウル様は眉間に皺寄せ、顔つきが厳しくなる。

「暗くなるとなにかあるのですか？」

「店舗を探す場合、昼だけではダメだ。夜にも足を向け、周辺の状況を確認する必要がある。第一に治安だ。物騒な奴らのたまり場になっていないか、外灯はどうかなど。日が沈んでから確認することもある」

「開店は昼だけだと考えていたので、そこまで気が回りませんでした」

「帰りが遅くなった場合など、どうするんだ。女性の店だと知れば、邪な気持ちを持って近寄ってくる奴がいるかもしれん。近隣に助けを求めることができる環境かどうかも大切だ。なにかあってからでは遅いんだ。きちんと下調べをする必要がある」

「なんだかラウル様……」

そこまで考えていてくれたんだ。感激してしまう。

「親みたいですね」

ラウル様はガクッと肩を落とす。

「お、親？」

「ええ」

両親が生きていたら、こんな風に心配してくれたのだろうか。一緒になって店舗を探してくれたのかもしれない。

心配されたことがあまりなかったので、くすぐったい気持ちになる。

その口うるささは嫌ではない。むしろ嬉しい。

「ありがとうございます」

お礼を言うとラウル様は組んだ両手に額をくっつけ、なにやらブツブツとひとり言をつぶやいている。

「……そんなに年上と思われているのか……いや、そんなはずは……」

「どうかしましたか？」

声をかけるとハッとした様子で我に返る。

「いや、なんでもない。気にするな」

と言いつつ腕を組んで顔を伏せ、眉間に皺寄せている。難しい顔だ。

きっとなにか考えごとをしているのだろう。そっとしておこう。

そうこうしているうちに、馬車が止まった。

「ここから歩こう。街並みの様子を確認する」

ラウル様に促され馬車から降りた。

街は昼間の喧騒から静かになりつつあった。行きかう人々も大人ばかりだ。

「ふむ、外灯は大丈夫そうだな」

一定間隔で明かりが灯っていた。これなら足元が暗くなることはない。

「近くの店舗もこの時間でも開業しているな」

近隣の花屋と仕立て屋はまだ営業中だ。

「この時間でも人気がなくなることはないだろう。あの店舗でも大丈夫そうだな」

実際、自分の目で確認すると安心することができた。

同時に恥ずかしく思う。私って本当に世間知らずよね。

意気込んで開業すると息巻きながらきたけど、細かな点が抜けているからだ。ラウル様がいなかったら、資金面だけでなく、諸々大変だっただろう。

ふと前を歩くラウル様を見て思う。

広くて頼りがいのある背中。彼についていけば、間違いはない、そんな風にまで思ってしまう。

私、今までの人生で誰かを頼りにしたことはあったかな?

いつも自分だけで決めて進んでいた。だが、一人じゃない、パートナーがいることは、すごく心強いことだと感じる。

「ラウル様……」

思わずピタリと足を止め、声をかける。

彼もまた足を止め、顔だけ振り返った。

「ありがとうございます」

「なんだ、急に」

夕日に照らされ、ぶっきらぼうだが、少しはにかんだように口端を上げる。

どうしよう、胸がドキドキしてきた。自分でもあまり味わったことのない感情が込み上げる。

この感情に名前をつけるのなら、なんて呼ぶのだろう。

胸がいっぱいになるこの気持ちは――。

ラウル様は私が何か言いたいことがあると察したのか、体の向きを変えた。

真正面から向き合い、彼に見つめられていると思うと直視できなくなる。

胸の前で両手をギュッと組む。

「あっ、あの――」

顔をパッと上げる。ラウル様は眉間に深く皺を刻む。

「どうした?」

「私、ラウル様に出会えて良かったです‼」

「な、な、どうした、急に」

動揺するラウル様は目を丸くする。

確かに自分でもいきなりすぎて、なにを伝えたかったのか意味不明だ。

ただ心に広がる感情を、自然に口から出さずにはいられなかった。

「絶対、この事業を成功させてみせます」

そう、彼の期待に応えたい。やっぱりダメだったな、なんて失望されたくない。

「ああ、その意気だな」

ラウル様はフワッと柔らかな笑みを浮かべる。大きな手を私に伸ばし、クシャッと頭を撫でられた。

その瞬間、ある記憶が蘇る。

『アステル、いい子ね』

私の頭をいつも優しく撫でてくれたお母さま。

私はこうやって触れて欲しかったのだ。人のぬくもりを求めていたのかもしれない。

静かにラウル様の手を取る。

ああ、温かい。この人は生きている、目の前にいる。

取った手を両手で摑み、そっと頰ずりした。

「……ラウル様の手、温かいです」

ビクッと体を震わせたあと、ラウル様は全身を硬直させた。

そのまま発火するんじゃないかと心配になるぐらい、瞬時に首まで真っ赤になった。

その時、ラウル様の背後になにか、黒い物が視界を横切った。

店舗の壁と壁の隙間からチョロッと姿を現したそれに、視線が釘付け（くぎづ）けになる。

あれはなに？

例えるならボロボロの雑巾。

それが、動いている……？

目を凝らしてジッと見ると、花屋の前までトコトコと動いているのが確認できた。

雑巾が動くの？　いや、そんなまさか……。

やがて店主らしき人物が店から姿を現した。シッシッと、手で追い払う真似をしている。

口をグッと真一文字に結ぶラウル様は、真っすぐな視線を私に向けている。

「アステル……」

意を決したようにラウル様が声を絞りだした。真っ赤な顔で唇を噛みしめている。

そっと伸ばされた指先が優しく私の頬に添えられた時、ボロ雑巾にも見えたそれが声を出した。

「ワン」

小さい声だったが、確かに聞こえた。

「やっぱり犬!!」

ラウル様の肩を横にグイッと押しのけ、前のめりになって目を凝らした。

小さい体でよたよたと歩く姿は、やはり犬で間違いない。しかも子犬だ。かなりやせ細っている。

「ラウル様、犬です、あそこ」

指さして教えると、ラウル様の顔が引きつっていた。

「ほら、よく見てください」

こうしちゃいられない。見失う前になんとか手を打たないと!!

背伸びをし、ラウル様の頬を強引に両手で挟む。そのままグイッと後方へ、顔を向けさせた。

「手っ、手をはなひゃないか」

「あっ、失礼しました」

モゴモゴと喋るラウル様に慌てて手を離す。

ラウル様は私をジロリとにらんだ。

「確かに犬だな」

「あんなにやせ細って、可哀そう」

ご飯はちゃんと食べているのかしら？　いや、そもそも飼い主はいるのかしら。体は汚れているけれど、安心できる環境なのかしら。

心配している間も、子犬はふらつきながらどこかへ行こうとしている。

「まずは保護しましょう、行きます」

ドレスの裾を持ち、駆け寄った。

私に気づいた犬は驚いたのか、飛び上がらんばかりに跳ねた。全身をびくりと震わせ、花屋の前にある棚の下へと潜り込む。

どうやら怯えさせてしまったらしい。

初対面の犬に近づくには、落ち着いて横からカーブを描きながら近づくのが基本だ。なのに真正面から向こう見ずに突き進むなど、怯えさせるだけだ。

頭ではわかっているのだが、いざとなると理性が吹っ飛んでしまう。

「おいで」

しゃがみ込み、声をかけるが、犬は花を並べてある棚の奥で身を潜めている。

まん丸な目を見開き、ジッとこっちを見ている。

店先で騒いでいると店主が近寄ってきた。

「すみません、この子犬は……？」

「ああ、数日前からここら辺をうろつくようになった。野良犬だろう。商売の邪魔だから困っているんだ」

店主は腕組みをしてため息をついた。

「裏通りの酒場のごみを漁っていたんだろう。酒場の店主に摘まみ出されてここまで流れてきたんだ。まったく、迷惑な話だよ」

ひどい、そんな言い方しなくてもいいじゃない。

ボロボロの子犬は今までどうやって過ごしていたのだろうか。毛は汚れ、毛玉まみれだ。

「私が引き取ります」

とっさに口から出てしまった。

屋敷に連れて帰るとなれば、叔父とひと悶着あるだろう。レティだって反対するに決まっている。

だが、ここで見て見ぬふりは後悔する。

どんな理不尽なことをされても、目の前の犬を救うためなら耐えられる。一時的に保護して飼い主を探すのも手だ。

「ああ、そうしてくれ。売り物の側で汚いものにウロウロされては迷惑だ」

さっさと連れていってくれと言わんばかりに、手で追い払う真似をした。

「――出てこないのか？」

ラウル様が近づき、私の肩にそっと手をかける。

店主はラウル様に気づくと、途端に顔色を変えた。身なりと態度から身分の高い貴族だと悟ったのだろう。

「この犬がなにか迷惑をかけたのか？」

「いっ、いえ、店先でウロチョロされては邪魔になると思いまして。不衛生ですし、困っていたのです」

今までの高圧的な態度から急に腰が低くなって、モゴモゴと口ごもっている。

「なら、連れていっても文句はないな」

ラウル様がジロリとにらみを利かせると店主は頭を下げた。

「ぜ、ぜひお願いします」

ラウル様は深くため息をつき、その声にはあきらめがにじんでいた。

「仕方ない。一匹も二匹も同じことだ」

それってつまり……!!

期待に目を見開く。

「イスとピーターに加えて、うちが動物屋敷になる日も近いかもな」

「ありがとうございます！」

そうと決まれば話は早い。イスとピーターにお友達が増えたと紹介しよう。もちろん、ドロシーにも。

「おいで、おいで」

子犬は最初警戒していたが、やがて伸ばした指先の匂いをクンクンと嗅ぎだした。

「怖くないよ。ここよりも楽しいところに行きましょう」

優しくて楽しい仲間が歓迎してくれるはずよ。

美味しいご飯に温かい寝床だって用意してあげる。ここで出会ったのもなにかの縁、これからの幸せを約束するから。

気持ちが伝わったのか、子犬が怯えた様子ながらも棚の奥から出てきた。

ここぞとばかりに抱きかかえる。

「いい子ね、出てきてくれてありがとう」

ずっと洗われていないだろう子犬は、なんともいえない匂いがした。だが気にしない。

子犬を捕獲し、ラウル様に目を向けるとゆっくりとうなずいた。私の意図を理解してくれたようだ。

子犬を抱え、そのまま馬車に乗り、屋敷へ戻った。

「まず、お腹が空いていると思うので腹ごしらえしようね」

用意した皿にご飯を入れて差し出すと、子犬は一目散に飛びついた。

よほどお腹が空いていたのだろう。すさまじい勢いであっという間に食べ尽くした。

「じゃあ、次はお風呂に入りましょう」

すでにラウル様はお湯とたらいを用意するよう、メイドに命じていた。

腕まくりをして洗い場に連れていくため抱きかかえた。子犬はお腹いっぱいになって満足したのか、大人しく腕に抱かれている。

「では、ラウル様、これから汚れを落とします」

そっと子犬を床に下ろし、たらいに張られたお湯の温度を確かめた。

「うん、ちょうどいいです」

子犬を抱え、足にお湯をかけると体をビクンと震わせた。

「怖くないよ、気持ちいいからね」

全身を撫でながら、ゆっくりとお湯で濡らしていく。

最初は強張っていた体も、徐々に力が抜けてきて、目がトロンと溶けそうになってきた。どうやら気持ちがいいみたいだ。

「綺麗になってお友達に会おうね」

まずは身なりを整えて、一通りの健康チェックをしてから皆に会わせてあげよう。

撫でるように優しく洗いながら、全身をくまなくチェックする。

体に傷はないようだったので安心した。だが、すごくやせている。今までの生活を考えれば無理もないだろう。

たらいに張ったお湯がみるみる泥色になってくる。汚れていた証拠だ。

「いい香りだね」

石鹸を泡立て、足からお尻と順番に洗っていく。黒ずんだ泡が立ち、なかなか綺麗にならない。苦戦していると横からスッと手が伸びてきた。

「手伝おう」

「えっ、いいのですか？」

ラウル様は腕まくりをし、対面になり腰を下ろす。

だが、いきなり石鹸をむんずと摑むと、そのまま子犬にこすりつけようとする。

「わ、わ、ちょっと待ってください」

ゴシゴシと洗いだそうとしたところで、ストップをかけた。

「力を入れないで、最初は撫でるように洗ってください。力強く洗いすぎると皮膚を傷めますし、毛玉ごと取れちゃいます」

「む、そうか」

私のアドバイス通り、手で石鹸を泡立て始めた。

大の大人が眉根を寄せて真剣な顔で石鹸を泡立てているものだから、少し笑ってしまう。

「このぐらいでいいか？」

ラウル様の手にある泡を確認する。

「はい、優しくお願いします」

何度かお湯を替え、ようやく石鹸の泡が白く泡立つようになってきた。

「あら、綺麗なブラウンだったのね」

最初は灰色か黒かと思えたが、子犬は茶色の毛並みだった。

「よし、このぐらいにしますか」

あまり長時間洗っていては、体力的にもつらいだろう。保護した当日だ。よく泡を落とすと、子犬を床に下ろした。

布で体についた水分を拭きとろうとすると、子犬はブルブルッと身震いする。

「きゃっ！」

「うぉっ！」

体についた水分が四方に飛び散る。

その水滴が見事に私たちにかかってしまい、ラウル様と同時に驚きの声を上げ、思わず顔を見合わせた。

「ラウル様、驚きすぎですよ」

「そっちもだろう」

クスクスと笑うとラウル様も口を開けて笑っている。

普段はムスッとしていることが多いが、声を出して笑う姿を見て胸がキュンとする。

やっぱり可愛いな。年上の男性に失礼よね。わかっているけど、クスリと笑ってしまう。頬が緩んでしまい、悟られまいと口元に力を入れた。

「なぜ歯を食いしばっているんだ」

「え？」

ラウル様の呆れた声を聞き、ドキッとした。見透かされたかしら。それは困る。

「さ、さあ、体を拭きましょうね」

慌てて話題を逸らし、布を持ち直し、子犬の体を拭き始めた。

湿ったままだと皮膚のトラブルの原因にもなるので、ここはしっかり乾かしたいところだ。

大人しく身を任せている子犬の世話をしながら、ふと想いを口にする。

「ペットサロンの開業も夢なのですが、本当は恵まれない動物の保護もしたいと思っているんですよね」

事業が軌道に乗ったらゆくゆくは動物の助けになる活動をしたいのだ。

保護した動物を家族として迎えて可愛がってくれる人への橋渡しなど。まだまだ課題は多いけれど、できる範囲で動物たちを幸せにしてあげたいと思っている。

「動物も人間と同じで幸せになる権利はあると思うのです」

ラウル様はジッと私を見つめている。

えっ……。

スッと手が伸ばされ、頬に触れられる。グッと彼の顔が近づき、目の前までくる。

長いまつ毛、キリッとした目、スッと通った鼻筋。

もしかして口づけされる⁉

ギュッと目を閉じた。

その時、鼻にチョンと触れる感触があった。

目を開けるとラウル様の指先に石鹸の泡がついている。

「ついていたぞ」

その瞬間、すべてを理解した。私ったら……!!

「で、で、ですよね⁉　泡、泡ですよね!!　私ってばお見苦しい!!」

「なにを言っているんだ」

半分呆れた声を出すラウル様は肩をすくめる。

もう、勝手に誤解して騒いで恥ずかしい。目までつぶって、なにを期待していたんだ。

あたふたと取り乱している私を見て、ラウル様はコホンと咳払いをする。

「言い忘れていたが……」

改まって言いたいことがあるようで、私はピタリと動くのを止め、視線を向ける。

「……まだ二十三だ」

「はい？」

いきなりなんの話だろう。首を傾げた。

「だから二十三歳だと言っている」

それはラウル様の年齢だろう。ユリアから聞いて知っていたが、なぜわざわざ言ってくるのか。

「私はまだ、十七歳の娘がいるような年ではない」

きっぱり断言するラウル様に呆気に取られ、目をパチパチと瞬かせる。

いきなり、なにを言って……。

そこで私はピンときた。

もしかしてあれか!!　ポンと手を叩く。

「まさか馬車の中で親みたいだと言ったことを気にしているのですか?」

「……くっ!!」

顔を真っ赤に染め、プイッと横を向く。

もしかしてずっと気にしていたのかしら?

「大丈夫ですよ、そんな意味で言ったのではないですから」

ムウッと口を尖らせるラウル様に続ける。

「両親が亡くなってずっと、そんなに私のことを心配してくれる人がいなかったので。優しさを感じて嬉しくなって、つい口から出てしまったのです」

「……辛くはなかったか?」

ふとラウル様は真顔になる。

まったく辛くないと言えば嘘になる。

「そりゃあ、寂しい時もありましたけれど、お母さまはドロシーを残してくださったので、辛い時も乗り切れました」

「そうか」

ラウル様はそっと微笑んだ。

「これからは私も側にいる」

「えっ……」

「だからもっと頼ってもいいんだ」

心臓が高鳴り、ドキドキしてきた。とても心強い言葉をかけられ、喜びで胸がいっぱいになる。

ラウル様も自分で言った台詞に照れたのか、パッと顔を逸らした。

「は、早く犬を乾かすんだ‼」

「は、はい」

それだけを言うと、ラウル様はサッサとこの場から離れた。後ろから見える耳は真っ赤だった。

「いい人に拾われて良かったわね、子犬ちゃん」

布で拭きながら声をかけた。名前はどうしようか。ラウル様に相談しないとな。

しかし至近距離で見たラウル様ってば……か、かっこよかったかも。

いつも堂々として少しのことでは動じないのに、私が言った年齢のことを気にしていたなんて。

可愛い一面もあるし、口では否定しても真っ赤な顔をするから、わかりやすい。

ラウル様のことを考えていると、カーッと頬が火照り、熱くなった。

「ワン‼」

その時、子犬が鳴いたので我に返る。

「あら、いいお返事ね。どれ、そろそろ乾いたかしら？」

手を止め、まじまじと子犬を見つめる。この子は長毛種だ。長い毛が絡まっている。

今こそ、トリマーだった腕を生かす時だと張り切った。頑固な汚れで塊になっていた毛玉をカットしたあと、ブラッシングをすると見違えるほど可愛くなった。どうやらこの子はオスらしい。

茶色の小型犬で尻尾をふりふり、愛嬌抜群。大きな目はクリクリとしている。

その後、皆に会わせたら、びっくりするぐらいの大歓迎を受けた。特にイスは小さな弟ができたみたいで嬉しそう。ピーターは得意のお喋りが止まらない。歓迎のつもりなのだろう。

ドロシーだけは平常心でソファでくつろいでいた。

どんどん仲間が増えて、にぎやかになってきたなぁ。

「ラウル様、ありがとうございます」

改まって礼を言うとラウル様は小さくうなずく。

「一匹増えたぐらいで問題ないだろう。それより、名前を決めてやらないとな」

イスとじゃれて遊ぶ子犬を見て、ラウル様がポツリとつぶやく。

「そうですね。いくつか候補を出し合って、相談して決めましょう」

するとラウル様は、したり顔を見せた。

「いい名前の候補は、すでに考えてある」

ずいぶん自信がありそうだ。その名前が気に入っているのだろう。そうか、では私もいくつか考えなければ。

とびきり可愛い名前をつけてあげよう。これからの幸せな人生のため。

安心しきった表情で遊ぶ子犬を見て、こっちも幸せを感じた。

「いい子ね。モコ」

この子の名前はモコに決まった。洗ったらモコモコの毛並みになったからという安易なイメージからだが、可愛い。その呼びやすさから、私は気にいっている。

ラウル様につけたい名前を聞いたら、返ってきた一言が『アーロン・キルドバスター』だった。

それは神話の軍神の名前だ。理由を聞くと『強そうだ』とキリッとドヤ顔で言われた。

あいにく、可愛い小型犬に強さを求めてはいない。

『モコ』と『アーロン・キルドバスター』二つの候補が出たあと、なかなか決まらなかったので、最後はフェンデル家で働く方々に多数決を取った。その結果、満場一致で『モコ』に決定。

ラウル様は、その結果にも不服そうだったけど。

「ふふ、アーロン・キルドバスターじゃなくて、お前はモコよ。モコモコだからモコ」

アーロン・キルドバスターなんて長ったらしく、舌を噛みそうな名前より、覚えやすくていいでしょう。

ブラッシングをしながら語りかける。

こんなに可愛い子を捨てる人がいるなんて信じられない。罰があたるに違いない。

今はブラッシングされ、気持ちよさそうに目を閉じている。

「モコで良かったわよねー」

抱きかかえ、話しかける。

「そうか。アーロン・キルドバスターも良い名前ではないか。その剣さばきは大地をも引き裂く巨大な力を持つと言われた軍神の名前だ」

まだ言うか、それを。よほどその名前が気に入っていたらしい。

「モコはモコですよねー」

聞こえないふりをして、モコに頬ずりした。

「それはそうと」

改まり、咳払いしたラウル様。

「先日の店舗を契約した」

ラウル様は机の引き出しから、サッと契約書を取り出した。

「えっ、ありがとうございます」

モコに気を取られて、あの日はよく物件を確認せずに帰ってきたのに。ラウル様が言っていた夜の環境を見ていないけど大丈夫かしら。気になってラウル様にチラリと視線を投げた。

「あのあと、日を改めて夕方に物件を確認しに行ったが、問題はなかった」

「えっ、行ってくださったのですか?」

驚いて目をパチパチと瞬かせる。

「さすが、ラウル様。お優しいですね」

そう言うと、みるみるうちにラウル様の首から上が赤くなる。

「なっ、と、当然だろう‼」

胸を張り、声が大きくなる。

「新しい事業を興すのだから、万が一なにかあってからでは遅いだろう‼　大事な従業員なのだから」

ラウル様が拳をかかげ、力説する。

「それって私のことですか⁉」

手をギュッと握りしめ、目をジッと見つめる。ラウル様は真っ赤な顔のまま、ウッと言葉に一瞬詰まった。

「大事な従業員って、私のことですよね……？」

再度ラウル様にたずねる。

「他に誰がいる」

「ありがとうございます、嬉しいです」

私のことを心配してくれた、ラウル様。両親亡きあと、私のことを心配する人なんていないと思っていた。だから、すごく胸の奥が温かくなる。

しかも大事だって……。

誰かに大事な存在だと言われるのは自信に繋がる。嬉しいし、期待に応えたくなる。

「私にとってもラウル様は、大事な出資者様ですわ‼」

「なっ……」

ラウル様は言葉に詰まる。首に手をやり、ソワソワと視線をさ迷わせている。

ラウル様はこんなふうに照れ屋な部分がある。自分は割と思ったままのストレートな言葉を吐くが、相手から言われると弱い。顔を赤く染め、当惑の色を見せる。

その困っている様子が、やっぱりかわいい――。

ダメダメ、それは失礼だから!! 考えちゃ、ダメ!!

頭を抱え、言い聞かせる。

「なにをしている」

呆れを含んだラウル様の声がした。

「いえ、ちょっと精神統一の技を……」

「なんだ、それは」

ラウル様はプッと噴き出す。

笑うと口角が上がり、目が垂れる。頰に小さなくぼみが見えた。

あっ、笑うとえくぼができるんだ。

それに気づいた瞬間、心臓がドキドキしてきた。

やっぱり可愛いと思ってしまった。

「さっきから、なにをしているんだ。様子が変だぞ」

「お気になさらずに!!」

声を張り上げ手で制した。

すると、ラウル様は咳払いをした。

「そうだ、事業を展開するにあたって、顔を広めることが大事だ」

上着の内ポケットに手を入れ、サッと取り出したのは招待状だった。

「舞踏会がある。ここでペットサロンを売り込もうと思う」

願ってもない申し出だった。まずは人脈作りが大事だ。

「ああ、でも……」

ふと現実を思い出すと表情が曇る。

「舞踏会用のドレスを持っていなくて」

レティに頭を下げて借りるしかない。前回のこともあるし、ここ最近レティとの関係は悪いので、今度こそ彼女が素直に貸してくれるとは思えない。

チラッと自分の服をチェックする。

ほつれもないし……綺麗に洗濯して、コサージュの一つでもつけたら、これでもいける……かな？

「いや!!　待て待て待て待て!!!!」

ラウル様が必死の形相で止めにかかる。

「まさか、その服で行くつもりか」

ギクッとして顔が引きつる。

「いけませんかね……？」

おずおずと切り出すと、ラウル様の顔が曇る。

「メイドと間違われるぞ」

やはりこの服では厳しいか。自身を見下ろし、深いため息をつく。

「ドレスはこちらで用意するとしよう」

「よろしいのですか？」

両手を組み、期待を込めてうかがい見る。

「当たり前だ。これから事業を始めるというのに、その格好では、資金が足りないのかと不安を与えるだろう」

確かに舞踏会に普段着はないわ。その場に合った服装は大事。

「仕立て屋を呼んである。今すぐ見立ててもらってくるといい」

えっ、早っ。

この話が出た時から、ラウル様は私のドレスを用意してくれるつもりだったのかしら。でなければ、仕立て屋を呼んでなどいない。

「私には女性のドレスのことなど、ちっともわからない。妹が懇意にしている仕立て屋を呼んでおいた」

「ありがとうございます」

その優しさに感動し、素直に礼を口にする。

「じ、事業のパートナーとして、恥じないような格好が必要だと思ったまでだ‼」

頬を染めながら強気な発言をする。ラウル様は照れ屋で、こっちが素直に礼を言うとたいがい、こういった反応が返ってくる。もう慣れっこだ。

「まあ、ある意味、私とラウル様は運命共同体ですからね」

事業がこけたらラウル様だって痛手を負うのだ。

「う、運命の相手……？」

ちょっと言葉は違うが、聞き間違えたのかな？　ラウル様はそわそわし始めた。ジッと見ていると、すごい剣幕で追い立てられた。

「は、早く行かないか‼」

「はーい、早速行ってまいります」

ラウル様の優しさに答えるためにも、絶対、事業を成功させよう。

ドレスのデザインはフェンデル家ご用達（ようたし）の仕立て屋が胸を張って、流行の最先端のものにすると言うので、お任せすることにした。

急いで作って、舞踏会に間に合わせてくれるとのことで、当日を楽しみにしつつ過ごした。


そして舞踏会当日。

まずは普段着のまま、フェンデル家に出向く。我が家にドレスが届けられ、舞踏会に出席すると知られるとレティが騒ぎだすからだ。自分も連れていけとわめくに決まっている。そして思い通りにならないと、私を妨害してくる。

そんないつものパターンを回避すべく、普段の様子と変わらぬまま、何食わぬ顔で屋敷を出発した。

もちろん、今日もドロシーを連れている。最近ではドロシーもすっかりフェンデル家が気に入っているのか、カゴを見せると自分から進んで入るようになった。きっとイスやピーターにモコ、皆に会いたいのだろう。

フェンデル家に到着すると着替えの部屋に通される。

フェンデル家の衣裳部屋はかなり広く、全身をチェックできる鏡面も大きい。

使用人が三人がかりで私の着替えを手伝ってくれる。

「アステル様、素敵なドレスですわ」

見せられたのは、光沢のきいた緑色の生地のドレス。手触りが柔らかくなめらかだ。

フリルギャザーが素敵で、随所にホワイトのレースとビーズで花の刺繍が施されている。

鮮やかな色合いのドレスは高級感があり、華やかな印象に仕上がっている。

「このお色は、今の流行りですわ」

メイドたちが口々に褒め称えてくれ、照れくさい。

髪を結い上げてもらい、化粧を施す。鏡にうつる姿がまるで自分じゃないみたいだ。

「とてもお綺麗ですわ」

ここまで綺麗に着飾ったのは人生で初めてかもしれない。

「ラウル様も驚くと思いますわ」

そうかしら？　少しはマシになったと思ってくれたらいいのだけど——。

彼の反応を見るのが怖いなと思いつつ、部屋を出る。

ラウル様は先に階下で待っているはずだ。エントランスフロアに足を向けると、こちらに背を向けているラウル様が見えた。その肩にはピーターがとまり、羽を休めていた。

ピーターってば、すっかりラウル様に慣れたわね。いつも肩に乗っているし。

ドレスの裾が長く、踏みつけやしないかとヒヤヒヤする。

ゆっくりと階段を下りていると、ラウル様がパッと振り返った。

私を視界に入れ、顔を前に突き出し、凝視している。こんなに見つめられていると恥ずかしい。

やがてサッと視線を逸らすと口元を手で覆った。ピーターが不思議そうに首を傾げている。

慣れない正装だから、どこかおかしいのかしら。

その時、ドレスの裾を踏んでしまう。

「あっ……！」

あと数段で下り終えるところで、バランスを崩した。

前のめりに倒れ込みそうになった時、フワッと石鹸の香りがした。

広い胸にギュッと抱えられ、なんとか倒れずにすんだ。

顔を上げるとラウル様が心配そうに見つめている。

「大丈夫か」

今日のラウル様はいつもと違って髪を後ろに撫でつけている。大人の魅力を感じ、ドキドキする。

礼を言いたくても緊張と気恥ずかしさで、とっさに声が出ない。口をパクパクさせ、自分でもわかるぐらい顔が真っ赤になっている。

なにも言えずに固まってしまい、ラウル様も首から上が徐々に赤くなってきた。

無言で頬を染めあう私たち。

ラウル様はグッと私の両肩を掴むと、倒れ込んでいた私の体勢を整えた。

「き、気をつけるんだ」

「あ、ありがとうございます」

そわそわして落ち着かず、恥ずかしくて、彼の顔が見られない。

やがてラウル様は視線を横にずらしたまま、ボソッとつぶやいた。

「よく似合っている」

「えっ？」

「そのドレスだ」

顎でグッとしゃくられて、褒められたのだとようやく気づいた。

「ありがとうございます。こんなに素敵なドレス」

「……アレだな」

ラウル様は必死に言葉を選んでいるのだろうか。眉間に皺を寄せ、悩んでいる様子だ。

なにを言われるのだろう。変に期待してドキドキしてしまう。

「まるでカナブンのようだ」

言った途端、ラウル様の顔がパッと輝いた。

「カナブン……？」

カナブンってアレだよな、緑色の光沢が鮮やかな虫。

視線を下げ、ドレスの色をまじまじと確認する。言われてみれば、確かにカナブン色だわ。

でもこれって、素直にお礼を言うべきなのかしら。悩むところだ。

ラウル様が照れくさそうにしているところをみると、きっと彼なりに必死に言葉を選んでくれたのだろう。良い意味で受け取ろう。ポジティブに。

「ありがとうございます、嬉しいです」

「…………すぎるだろ」

にっこり微笑むとサッと視線を逸らし、なにかをボソッとつぶやいた。

その時、シャンデリアにとまり、羽を休めていたピーターが下りてきた。

「アステル、アステル、アステル!!」

「あら、ピーター」

私の肩に止まったピーターは上機嫌で叫んだ。

「アステル、カワイスギルダロ」

「えっ？」

パチパチと目を瞬かせる。ピーターったら、いきなりどうしたのだろう。

「アステル、カワイスギルダロ！　カワイスギルダロ!!」

連呼するピーターに微笑んだ。

「ありがとう」

その時、ヌッと手が伸びてきたと思うと、ピーターの首がギュッと掴まれた。

「なにを言っているんだ!! 黙らないと串焼きにするぞ」

ラウル様は頬を真っ赤に染めながら、こめかみを引きつらせている。なぜ、いつもよりムキになっているのだろう?

「ラウル、アホ――!」

だが、ピーターも負けずに反論する。

このままではらちが明かないと思い、ピーターをそっと撫でた。

「いい子だからお留守番していてね。ドロシーやイスやモコと待っていて」

声をかけると理解したようで上機嫌に返答する。

「ピーター、オルスバン――!!」

そして部屋に向かって飛びたった。

「あいつは……!! なぜああもお喋りなんだ」

ピーターの飛び去る姿を見つめていたラウル様が口をへの字に曲げた。

「まあ、楽しくていいじゃないですか。毛も生えてきましたし」

フェンデル家に来てからというもの、ピーターが自分で毛を抜く行為を見たことがない。きっとここの環境が彼にとって幸せなのだろう。

ラウル様も時折ピーターと衝突し、串焼きにするだの言ってみたり、首を掴んでみたりはするが、きちんとみずから世話を焼いている。

一度、預かることを了承したら、決して見放さない人なのだ。

「次にピーターが無駄なお喋りをしたら、寝ているアレンの枕元に置いてきてやる」

世話を焼いている……んだよね？

そう思うことにした。

「では、行きましょうか」

声をかけるとそっと腕を差し出された。エスコートしてくれるらしい。その腕に寄り添い、私たちは出発した。


馬車に揺られてしばらくすると、会場となる屋敷が見えてきた。

馬車を停め、外に出ると風が吹き、少しヒヤリとした。

「あっ、ラウル‼」

はしゃいだ声が聞こえ、振り返る。

「やあ、アステル。ピーターは元気かな」

アレン様はちょうど到着したばかりらしく、近寄ってきた。

「ああ、おかげさまでな。元気すぎて生意気でお喋り。お前にそっっっっっくりだ」

「はははっ。元気でなによりさ。胸の毛は生えた？」

ラウル様の嫌みも華麗にスルーを決めたアレン様が私に質問する。

「少しずつ生えてきたんですよ！　それに、羽根を抜く姿は一度も見ていません」

「そりゃあ、良かったよ。やっぱりフェンデル家は環境がいいんだね」

ホッとしたようでアレン様は胸を撫で下ろした。

「僕は寂しい思いをさせてしまったからさ。今ではフェンデル家でたくさん友人もできたようだし、ラウルというオモチャもいるし……」

「おい、誰がオモチャだ」

すかさずツッコむが、アレン様は屈託ない笑みを浮かべるのみだ。

「もう行くぞ」

「あっ、もう少し待ってよ。レイモンドは先に着いているはず」

言っている側から人影が見えた。

レイモンド様は私たちに気づくと、軽く手を上げた。私の前に来て、にっこり微笑む。

「すごく綺麗な人がいると思ったらアステル嬢じゃないか。今日は特に素敵だよ」

歯の浮くような台詞をサラッと口にできるのが、レイモンド様らしい。

「ありがとうございます」

「ラウルもアステル嬢のドレス姿を見て、ドキッとしたんじゃないか？」

レイモンド様がバッとラウル様に視線を向けた。続いてアレン様も勢いよく、ラウル様に顔を向ける。二人の視線が集中し、ラウル様は口ごもる。

「いや、俺は……」

先ほどまでの勢いはどこへやら。モゴモゴと口ごもる。なので私がすかさず口を挟んだ。

「ラウル様が準備してくださったのです」

そう言うと彼らはラウル様を冷やかし始めた。

「やるねーラウル。流行りの光沢が入った緑のドレスを用意するなんて」

「ラウルにしてはセンスがいいじゃないか。あのラウルにしては」

アレン様とレイモンド様はニヤニヤしている。

「おい、どういう意味だ」

「でもすごく似合っているよ、アステル。緑は癒しだよね。自然の草原のイメージ」

「ああ、爽やかな芽吹きをイメージする、アステル嬢にぴったりの色だ」

口々に褒めてくれてくすぐったい。

「で、ラウルはどうなの？　アステルのドレス姿を見て感想はないの？」

アレン様に問われ、思わず口を挟んだ。

「ラウル様も似合っていると言ってくださいました。まるでカナブンのようだ、って」

「カナブン……」

「それは虫……」

それまで微笑んでいた皆の空気が凍りつく。

「ラウル……それはないよ」

「ああ……ないな」

レイモンド様とアレン様は憐れむ眼差しをラウル様に向ける。レイモンド様にいたっては手で顔を覆ってうつむき、深いため息をついた。

「もう少し、女性を褒める言葉を学ぼうか?」

「カナブンはないだろう、カナブンは」

二人に責められ、ラウル様はわたわたとたじろぐ。だが、すぐに胸を張り、堂々と言い放つ。

「緑色に光り輝く羽を持つ、立派な褒め言葉だ。カナブンに失礼だろう」

「いやそれはむしろ、アステルに失礼だの間違いだろ」

間髪を容れずにツッコむレイモンド様に深くうなずくアレン様。

彼らのかけ合いは面白くて、笑いそうになる。

ダメよ、笑っては……。

そうは思ったが堪えきれず噴き出した途端、皆から視線を浴びる。

「すみません、楽しくて」

「アステル嬢……カナブンにたとえられて怒るどころか、笑うだなんて。君は本当に心が広い女性だ」

レイモンド様も肩を震わせて必死に笑いを堪えていたが、ふと顔を上げて時計を確認した。

「さあ、そろそろ会場に行こう」

レイモンド様の一言で、皆で会場に向かった。

舞踏会の会場は高い天井にシャンデリアがきらめき、とても豪華だった。白を基調とした壁紙に、金の燭台が輝いていてまぶしいくらいだ。

着飾った男女が談笑し、楽師たちの奏でる音楽でとても盛り上がっている。

「私はちょっと水を飲んできますね」

先ほど、ひとしきり笑ったので喉が渇いた。皆に一言断りを入れ、その場を少し離れた。

舞踏会は立食形式になっている。テーブルの上には豪華な食事が用意されていた。

すぐさま水の入ったグラスを見つけて取ろうとすると、脇からサッと手が現れた。驚いて手を引くと、取ろうと思っていたグラスを手にした男性と目が合った。

フワフワの癖っ毛、人懐っこそうな笑みを浮かべている。

私と目が合うとにっこりと微笑んだ。

「はい、どうぞ。水を飲みたかったのでしょう?」

差し出されたグラスをまじまじと見つめた。

この人はわざわざ私にグラスを取って、手渡してくれたのかな?

「ありがとうございます」

とりあえず礼を言う。この人なりの親切なのかもしれない。グラスを受け取り、ぐびぐびと水を飲み干す。その間、視線をずっと感じていたが、気にしないふりをした。

「すごい、いい飲みっぷりだね」

「喉が渇いていたので」

やけに馴れ馴れしいが、この人は誰だろう。警戒しつつもチラチラと視線を投げていると、相手はにっこりと微笑む。

「僕はダンテ家のフェアラート。初めまして……だよね」

「はい、そうです」

舞踏会の場にはあまり顔を出さなかったので、私のことを知っている人は少ないだろう。

「そうだよね、こんなに綺麗な人なら一度会えば忘れないもの。――君の名前をうかがっても？」

いきなり聞かれたが、名乗らないと失礼にあたるだろう。だが、名乗りたくない。なんだか面倒なことになりそうだと本能が訴えている。あいまいに微笑する。笑ってかわしたいところだ。

「君との出会いを祝福して、一曲捧げてもいいかい？」

「えっ？」

はいと言う前に、彼は両手を広げ、天を仰ぐ。

「君は舞踏会に現れた緑の妖精、孤独な僕の心を癒してくれる運命の出会い～」

唐突に始まった一人ミュージカルに、ポカンとして口を開ける。

その緑の妖精って、私のことなの？

でも、緑の妖精と比べると、まだカナブンの方がマシだ。

なんなの、この人。一人でクルクル回って踊っている。変なクスリでもやっているのだろうか。

スススとゆっくり後退したら、すかさず相手に気づかれた。

「どうしたの、グリーンフェアリー？」

「いえ、私はカナブンですので」

グリーンフェアリーってなんだよ。

どうやら私は、話が通じない相手に捕まったようだ。困惑するが、相手は始終笑顔だ。

「もう少し話さない？　出会った記念に――」

近づいてくる彼に顔を引きつらせていたところで、肩が掴まれる。

そのままグッと引き寄せられ、私と彼の間に割り込んだ人物がいた。

「久しぶりだな、フェアラート」

「ラ、ラ、ラウル兄さ……いえ、ラウル様!!」

「お前は相変わらず、変わっていないな。いや、成長していないというべきか」

面白いことに、男性が目に見えて狼狽（ろうばい）した。視線をさまよわせ、頬が引きつっている。ラウル様は全身で彼を威嚇している。

「私の連れになにか用か？」

「いえっ!!　いえいえ!!　滅相もないです、失礼しました!!　自分は消えますので、舞踏会をお楽しみくださっい」

シュバッと敬礼のポーズを取ると、一目散にまるで逃げるようにこの場から消え去った。

その後ろ姿を見送り、唖然とする。

「大丈夫だったか？」

少しだけ照れくさそうに首の後ろをかきながら、ラウル様が声をかけてくる。

「私は大丈夫ですけど……今の方は知り合いですか？」

質問すると眉間に深く皺を刻み、ムッとした。どうやらあまり思い出したくない相手らしい。

「昔の知人だ」

それ以降、むっつり押し黙ってしまった。よほど嫌な過去でもあるのかしら。

なんとか気分を盛り上げようと、背伸びをして手を伸ばす。

そっとラウル様の眉間に指をピタッとつけた。

「眉間に皺が寄っていますよ。そんな顔しているとイスもピーターも怖がりますよ」

笑って、と付け加え、眉間をグリグリと指で押した。ラウル様はグッと言葉に詰まり、真っ赤になった。

そこでハッと我に返る。

私ったら、皆がいる場でなんてことを……‼　どうしよう、今さらこの手、引っ込みがつかない。

「ラウル‼」

困惑していると、ラウル様に背後からガバッと抱きついてきたのはアレン様だ。

「二人して仲良しじゃないか。額をグリグリされちゃってさ」

「ば、バカ‼　なにを言っている」

「僕もラウルにグリグリやってあげよっかなー‼」

「やめろ」

再び二人で盛り上がり始めたので、サッと手を引っ込める。アレン様が来てくださって助かった。

ホッとしたところで強い視線を感じ、振り向いた。

そこには私を真っすぐに見つめているセドリックがいた。両腕を組み、仁王立ちしている。

いつからいたのだろう。

唇を真一文字に結び、目を吊り上げている。

手にしたワイングラスの中身を一気にグッと飲み干すと、私に向かって顎をしゃくった。

こっちに来い、と視線で訴えているのだ。

その仕草にカチンとくる。

なんなのよ、言いたいことがあるなら、直接自分から来ればいいじゃない。

ラウル様とアレン様が二人で盛り上がっている中、側を離れた。私が動くとセドリックは背を向けて歩き出した。ついて来いと言っているのだ。人に聞かれたくない話なのだろうか。

ちょうどいい。自分の口から再び、はっきりと告げよう。

あなたと婚約はしません、と――。


広間から抜け出し、広い廊下に出るとセドリックが窓枠に寄りかかり、腕を組んでいた。

「俺は今、猛烈に怒っている」

まるで私を威嚇するかのように、ギロッとにらむ。

「なんのこと?」

開口一番にいらだちをぶつけられ、こっちもケンカ腰になる。

「舞踏会になんて参加したことがなかった奴がどういった心境の変化だ。しかもそんなドレスまで着て……」

セドリックは口を尖らせた。

「それになぜ、エスコートするのが俺じゃないんだ。普通、婚約者の役目だろう‼」

いつから婚約者になったんだ。私は認めていない。

「あのね、セドリック。私の口からはっきり言わせてもらうけど」

息をスッと吸い込むと、真っすぐに彼を見つめる。

「あなたがなにを考えているのかわからないけど、婚約はしないから。私はやりたいこともあるし‼」

高らかに宣言する。これから事業を立ち上げて、あの家から出るんだから。

「レティが言っていた。なんだか事業を始めるらしいな」

どうやらレティはセドリックに話したらしい。あのお喋りなレティが黙っているとは思っていなかったので、想定内だ。

「なぜそんなことをしようとしているんだ?」

彼は心底理解できないといった風に、大きくため息を吐き出した。

「今まで通り、大人しく屋敷にいればいいじゃないか。結婚したって、お前は別になにもせずともいい。それになにより、俺みたいなパーフェクトな男と婚約できるだなんて、これ以上に幸せなことはないだろう?　意地を張らずに素直になれって。なにが不満なんだ」

そういうとこだぞ。

喉の奥から叫びたいが、セドリックに訴えても無駄だ。理解できないだろう。

「いいえ、結構よ。私は自立したいの。あなたは他の相手を探して」

きっぱりと言い切り、三歩下がって彼から距離を取る。

宣言すると広間に続く扉が開いた。

「ここにいたのか」

やってきたのはラウル様だった。セドリックはハッと顔色を変えて、視線を逸らす。

ラウル様はゆっくりと私とセドリックの顔を交互に見た。

「なにをしていたんだ？」

その声に反応し、セドリックは意を決したように勢いよく顔を上げた。

「ラウル様はアステルとどういう関係ですか？」

ちょっ、いきなり、なにを聞いているのよ!!

挨拶もすっ飛ばし、直球な質問をされ、ラウル様は面食らったようだ。だが背筋を正すと、迷いのない口調で告げた。

「アステルは私のパートナーだ」

はっきりと断言した。

「パ、パートナー!!」

扉の奥からひょっこり顔を出したアレン様が叫んだ。あ、聞いていたのね。

「積極的だな、ラウル」

続いてまたしてもひょっこり顔を出したレイモンド様。あなたもいらしたのですね。

「それは人生のパートナーという意味かい？」

レイモンド様から質問され、ラウル様は三回、瞬きする。

「し、仕事だ‼　仕事上のパートナーという意味だ」

再びやんやと冷やかされ、私まで顔が真っ赤になる。

そうよね、あくまでも出資者だからよね。うん、そうよね。ドキドキして落ち着かなくなるが、なんとか平常を保とうと深く息を吸う。

セドリックを見ると、苦虫を噛み潰したように顔をゆがめていた。

ここで口を挟むのは分が悪いと判断したのだろう。セドリックは頭を下げると、静かに踵を返した。広間には戻らず、エントランスに向かったところを見ると、早々に帰宅するようだ。

変なセドリック。彼の考えがちっとも読めない。

「どうした？」

ラウル様に声をかけられ、我に返る。

「いえ、なんでもないです」

両手を振り返答する。

「友人たちに紹介しよう。皆、動物が好きな者が多い。この事業にもきっと興味を示すだろう」

ラウル様から手を差し出された。

「はい、お願いします」

セドリック、今私が取りたいのはあなたの手じゃない。ラウル様の手なの。彼は私を対等に扱ってくれる。そこに同情の色は見えない。

差し出された手をそっと握りしめた。

舞踏会でアレン様とレイモンド様にも囲まれ、ラウル様の知人に次から次へ目まぐるしく挨拶をしてまわる。正直何人に挨拶をしたのか覚えていないほどだ。

そもそもこの三人がいると、とても目立つ。場が華やかになり、人目を惹くのだ。

だからだろう、いろいろな方が集まってきて、そのたびにラウル様が私を紹介してくれた。

アレン様とレイモンド様も片っ端から知り合いに声をかけてくれた。

新しい事業を考えていることを伝え、興味を示した相手に事業内容をアピールした。

「来週、ラルグランドへ行かないか？」

人が途切れたところでラウル様に唐突に誘われ、パチクリと瞬きする。ラルグランドとは涼しい気候で貴族たちが避暑地として訪れる土地だ。

「わー、ラウルからのお誘いだ。大胆だなぁ」

すかさずアレン様がからかうが、ラウル様はジロリとにらみ、視線で黙らせた。

「そこにあるラックス家の別荘に招待されている。動物を飼っている愛好家が、動物と戯れるために集まるそうだ」

「行きます!!」

願ってもない申し出に早速手を上げる。

「イスもピーターもドロシーもモコも連れていってもいいですか?」

「ああ、もちろん」

皆とお出かけできるなんて、嬉しくてワクワクする。

「面白そうだから僕らも行くよ。ねっ、レイモンド」

アレン様がレイモンド様に同意を求める。レイモンド様も最初からその気だったようで、微笑んだ。

「じゃあ、決まりだな」

そうして慌ただしい舞踏会の夜が過ぎ去った。


あっという間に時間が過ぎ、ラルグランドの地へ出発する日となった。

忘れ物はないかしら。ブラッシング道具一式におやつに。もちろんすべて可愛い子たちのためだ。いそいそと準備をしていた。

「なにしているの?」

嫌な声が聞こえ、肩がギクッと揺れる。

顔を向けるとレティが扉に寄りかかって腕を組み、こちらを見つめている。

こうやってノックなどの前触れもなく、いきなり出現するのはいつものことだった。

「鼻歌なんて歌って。ずいぶん機嫌良さそうじゃない」

レティは虫の居所が悪いのだろう。八つ当たりをされそうな雰囲気にうんざりだ。

これから楽しい場所に行こうというのに、嫌な気分になりたくない。

「出かけてくるわ」

レティはジロジロと無遠慮に私の頭のてっぺんからつま先まで見つめた。

「やけに楽しそうだけど、なにを企んでいるの？」

「企むなんてそんなことないわ」

「変な事業を始めようとしているって聞いたわ」

「変なじゃないわ。立派な事業よ。上手くいくように祈っててね」

レティの悪意に気づかないふりをして、わざと明るく振る舞う。

案の定、レティはバカにしたように鼻で笑う。

「なんで私がお姉さまのために祈らないといけないわけ？」

ですよねー。わかっている。はいはい。まともに取り合っても無駄と思い、すべて流して聞いている。

女優、私は女優になるのよ……。静かに自分の心に語りかける。

「そんなこと言わないで」

笑顔でレティをたしなめる。心の中では「うるさい‼　こっちだって願い下げだわ」と悪態をついているが。

「フェンデル家のあの人、ラウル様だっけ?」

「ええ、そうよ」

「つくづく変人よね」

それまでにこやかな表情を保つ努力をしていたが、笑顔にピキッと亀裂が入る。

「そんなことないわよ」

怒りを押し殺したつもりだが、声ににじみ出ていたらしい。レティはおや、といわんばかりに片眉を上げる。

みるみるうちに、意地の悪い目つきに変わってくる。

「変じゃない。まともにお姉さまを相手にしている時点で、変わり者よ」

確かに私はグレイン家の変わり者だからレティになにを言われても気にならない。だが、ラウル様のことは――。

「そもそもあの人、口調は偉そうだし、私にも口うるさかったし。あの人嫌いだわ。社交界では人気があるとかいうけど、本当は嫌われ者の間違いじゃない?」

クスッと小ばかにした笑いで、私の反応をうかがっている。

別に気にすることじゃない。いつものレティの意地悪だ。軽く流していれば、すぐに飽きるはずだから。

ハイハイとスルーするに限る――わけあるか!!

「いい加減にしなさいよ、レティ!!」

きっぱりと強い口調で言い切る。

「あの方があなたに何かした？　他人の悪口を言うと、自分に返ってくるものよ。そうやって口にしているあなたも、陰で言われているわ」

「な、なんですって……」

私がまともに言い返したことに衝撃を受けたのか。レティの顔が憤怒に染まる。

あっ、いけない。やってしまった。

いつものように聞き流せばいいだけなのに、なにをやっているんだ、私は。

その時、ユリアが部屋に顔を出した。

「お嬢さま、フェンデル家の馬車が到着しました」

良かった、天の助け‼　迎えの馬車を寄越すと言われていたが、ナイスタイミングだわ。

レティは珍しく私の反撃を喰らって、怒りをどう表現したらいいのか、わからないようだ。だが、言われっぱなしなのは性に合わないのだろう。

私を指差しながら、苦し紛れに声を絞りだす。

「お姉さま、いい気にならないでよ‼　あんな、しかめっ面の説教男、どこがいいのよ」

「そうね、これから合流するラウル様にお伝えするわ」

「えっ⁉」

レティは目を見開き、前のめりになる。

「従妹が生意気な態度を取ってごめんなさいって。しかめっ面で仏頂面で大したことないチンケな男性だと言っていたことを、私が代わりに謝罪してくるわ」

「そ、そこまで言ってないじゃない‼」

「あら、そうだったかしら」

顎に指を当て、首を傾げる。

「よ、余計なことを言わないでよ‼」

もちろん、言うもんか。だがレティはあたふたと慌てふためいている。

「これからは人に聞かれちゃ困ることは、簡単に口にしないことね」

それだけ言い捨てるとドロシーの入ったカゴを手に持つ。

「ユリア、荷物を持ってきてちょうだい」

「はい」

ユリアに指示し、後ろを振り返らずに部屋から出た。

ついに言い返してしまった。この屋敷にいる間は大人しくしていようと決めていたのに。

だが、不思議なぐらい心は晴れ晴れとしている。もっと早く、言いたいことを言えば良かったのかもしれない。

背後から小さく笑う声が聞こえた。振り返るとユリアは慌てて謝罪する。

「すみません。胸がスカッとしましたので」

「……実は私もすっきりしてる」

正直に告白するやいなや、顔を見合わせて笑った。

自分のことならいくらでも聞き流せるが、今回の件はどうにも許せなかった。

そうユリアに言うと、柔らかい笑みを浮かべる。

「アステル様にとってラウル様は特別な方なのでしょうね」

と、特別⁉

確かに今まで、ここまで親しくなった男性は他にいない。

だからなのかしら？　いつものレティの悪口も軽く聞き流すことができなかった。

ラウル様のことをよく知りもしないくせに文句を言ってくるのが許せなかった。

だが面と向かってユリアに言われると照れてしまい、真っ赤になる。

「まっ、まあ、事業を支援してくださる方だしね」

口ごもりながら返事をし、前を向いた。


お迎えの馬車に乗り込み、しばらくするとフェンデル家に到着した。そこで皆と合流し、ラルグランドを目指した。

動物たちを連れているので、こまめに休憩を取りつつ、目的地を目指す。

あまり負担をかけたくないとゆっくりと馬車を進めたので、到着したのは午後だった。

馬車から降りると、目の前には草原が広がっていた。

高い柵で囲まれ、中では自由に遊び回っている動物が見えた。

太陽の下、皆が生き生きと伸び伸びと走り回っている。

「やあ、ラウル。よく来てくれたね」

別荘の主、ラックス家の当主はラウル様より十ほど上の年齢に見えた。柔和な笑みで握手を交わす。

「君がラウルの事業のパートナーかい？」

ふと視線が向けられる。見極められているような気がしてドキッとする。

「初めまして、アステル・グレインです」

「ああ、堅苦しい挨拶は抜きだ。荷物を置いて、早く動物たちを自由にさせてやるといい。皆、ここでは自由に遊ばせている。夜の食事の時間まで好きに過ごしていてくれ」

「はい、ありがとうございます」

ドロシーとピーターはラウル様が部屋に連れていってくれたので早速、犬たちを草原で遊ばせた。

二匹一緒になって嬉しそうに草原を駆け回る姿は、見ているこっちも嬉しくなるものだ。

満足するまで遊ばせ別荘に戻ると、暖炉の側でラウル様たちが雑談していた。

「アステル、待っていたよ」

アレン様とレイモンド様もいらっしゃった。

まずは犬たちを休ませようと思い、イスとモコの目を見つめ、優しく声をかける。

「お座り」

二匹が並んでサッと腰を下ろす。

「お行儀がいい子たちね、素晴らしいわ」

微笑みながら声をたくさんかけて、頭を撫でてあげる。

素直に従ったイスとモコを見て、アレン様とレイモンド様は感嘆の声を上げた。

「うわぁ、イスが大人しくアステルの側にいるなんて驚きだ!!」

「本当だ。最初に出会った時は、ラウルの言うことをちっとも聞かず、部屋を走り回り、ソファをかじりまくっていたっけ。そういやラウルもかじられていたな」

感心している二人を他所に、イスはツンとした態度で動じない。

私たちが話し込んでいると、ペットを連れた他の招待客たちが近寄ってきた。

「まあ、大きな犬。おりこうさんね」

「ありがとうございます」

一人の婦人にイスが褒められ、まるで自分のことのように嬉しい。

「それが、この犬、最初はすっごく暴れん坊だったのですよ」

アレン様が説明すると婦人はたいそう驚いたようだ。

「まあ!! そうは見えないわね」

「彼女がちゃんと教育をしたのです」

アレン様に紹介され、名乗った。

「アステル・グレインといいます」

「ねえ、どうやってしつけをしたのかしら? 実は我が家にも最近、飼い始めた犬がいるのだけど、ちっとも言うことを聞かなくて、吠えてばかりいるの。どうにかならないかしら? うるさくて叱るのだけど、効果がなくて……。本当はここにも連れてくるつもりだったのだけど、あまりにもうるさくて、皆の迷惑になると思ってお留守番よ」

婦人は眉をひそめ、困った顔をしている。

「犬が吠えるのには様々な理由があります。吠えれば要求が通ると学習してしまうこともあります」

「……ちょっと思い当たる節があるわ。吠えたらおやつで黙らせてしまっていたわ」

「その方法が一番手っ取り早く、静かにさせることができますものね」

だがそれでは根本的な解決にはならない。

「犬が吠えている時に叱ると、構ってくれたと勘違いして余計に吠えてしまうこともあります。犬は褒められた時の方がよく覚えているものです。『上手にできたら褒める』『吠えなくなり、静かになったら褒める』を意識してしつけをすると効果的です」

話をしていると、いつの間にか他の婦人も集まってきていた。

「うちの場合、ちょっと太ってきたのが心配なの」

一人の婦人が話し出した。

「それなら、遊びながら運動できるようにするといいですわ。丸い球体の中におやつを入れて、転がしていくうちにおやつが出る仕組みです」

開店するにあたり、店で販売しようと思っていた玩具の試作品を見せた。

「この中におやつを入れて転がして遊びます」

「あら、いいアイディアね」

その後も婦人たちと会話が弾み、楽しい時間を過ごしていると、ラウル様は皆に改めて私を紹介してくれた。

「彼女はクロレスの街でペットサロンを開業する。主にペットに関する悩み相談や、トリミングなどを予定している」

ラウル様にチラリと視線を投げられ、静かにうなずく。

「ペット関係で困ったことがあれば、なんでも相談に乗ります。皆さん、よろしくお願いします」

緊張しながら、挨拶をする。

「素敵な貴婦人たち、僕の親友のラウルが引き取ったイスを見ただろう？　動物に関することは彼女に相談するといいよ」

レイモンド様がキラキラと輝く瞳でパチリとウインクして、アピールする。

すると一斉に、ご婦人たちはポッと頬を染める。

「レイモンド様のお勧めなら安心できますわ」

「レイモンド様も動物はお好きですの？」

囲まれるレイモンド様はそつなく対応している。

「出たよ、レイモンドのマダムキラー」

アレン様が耳元でつぶやく。まあ、あれだけの美貌だもの。納得だわ。

「アステルも気をつけてね、レイモンドに」

「えっ、私は大丈夫ですよ」

まさかレイモンド様が、私なんて相手にするわけがない。

「そうだよね、ラウルがいるもんね」

「えっ⁉」

首を傾げ、にっこり笑うアレン様がおかしなことを言い出した。ジッと私の顔を見つめ続けるアレン様に、頬が熱くなってくる。

「ははっ、まさか無自覚？　ラウルも鈍いけど、アステルもとはね」

バンと背中を叩かれ、不意打ちだったのでグフッとむせた。

その音でご婦人の一人と話し込んでいたラウル様が振り向いた。

「なにをやっているんだ」

低い声と共にラウル様がじっとりとにらんだその時、

「わっ‼」

アレン様が急に大きな声で叫ぶ。

足元を見ると、なんとそこにはモコが嚙みついていた。しかも小さな可愛らしい体で、いっちょ前にグルグルと低い威嚇音まで出している。

「ダメよ、モコ‼」

急いで止めるとモコはパッと口を離した。顔を見上げ、尻尾をフリフリ振っている。

まるで『褒めて、褒めて』とでも訴えているようだ。

一方でアレン様は足を擦っている。

「よくやったな、モコ」

「よくやったじゃないよ、ラウル!!　これ見てよ」

アレン様がパンツの裾をまくり上げると、傷にならない程度に小さな歯型がついて赤くなっている。

「主人であるアステルに危害を加える相手を撃退した。素晴らしい忠誠心だろう」

「くっ……!!」

モコはラウル様に褒められ、ドヤ顔だ。

「このようにアステルがしつけをすると、飼い主に従順になるんだ」

ラウル様の説明を聞いて、皆がうなずく。

「まあ、頼もしいわ」

「うちの犬もぜひ、お願いしたいわ」

人々に興味を持ってもらえたみたいで嬉しい。

「くっ、なにこの、僕のやられ役」

アレン様が足を擦りながらつぶやく。だが口調とは裏腹にどこか楽しそうだ。足を擦るアレン様を見て、あとで傷薬を届けてあげようと思った。

盛り上がっているところで、ふと気づく。

「ラウル様、ドロシーとピーターは？」

「ああ、私の部屋で休んでいる。廊下を右に曲がり、突き当たった部屋だ」

まずはラウル様の部屋で休んでいる子たちの様子を見に行くとするか。その後、私に割り当てられた部屋に連れていこう。ラウル様は部屋の鍵を取りに行ってくれた。

扉を開けるとピーターが喜んでお迎えしてくれた。

「アステル、アステル」

「ピーターお留守番、ありがとうね」

ドロシーはソファでゆったりくつろいでいる。

「どこでも寝られるのね、ドロシー」

笑いながら頭を撫でるとニャーと小さく返事が聞こえた。

しばらく二匹と遊んでいると、ラウル様が人を連れて戻ってきた。

「困ったことになった」

ラウル様の表情は冴えない。

「手違いで部屋が一つしか用意されていなかった」

「えっ」

ということはラウル様と同じ部屋？　ベッドを見れば確かに大きい、キングサイズぐらいある。

二人でも十分広いけれど、そういう問題じゃない。

その時、ラウル様の背後に控えていた人物がズイッと前に出る。

ここの執事頭だと名乗り、深々と頭を下げる。

「大変申し訳ございません。お連れの方が女性だと聞き、すっかり奥方様だと早とちりした私共の責任です」

執事頭は青くなり、平謝りだ。

「私は独身だ。さすがに男女が同じ部屋はよくない。今からでも部屋を用意できないだろうか？」

執事頭はラウル様を前に、うろたえている。

「あいにく部屋は満室となっておりまして……。今から部屋を探しますので、お待ちいただけないでしょうか？」

なんだか相手が可哀そうに思えてきた。意を決してラウル様の袖口を引っ張る。

「あの、同じ部屋でも私は構いませんよ」

「なっ、なにっ……」

ラウル様は言葉を失う。

「部屋は十分広いですし、私はソファでも床でも大丈夫ですから‼」

眠れるのなら、どこでだって問題ない。

「そんなことさせられるわけがない」

断固として首を縦に振らないラウル様。

「ラウル、どうしたの？」

その時、アレン様が現れ、背後からラウル様にガバッと抱きついた。

「アレン‼　ちょうど良かった。お前とレイモンドの部屋に入れてくれ‼」

アレン様の両腕をガシッと掴み、懇願するラウル様。アレン様は目をパチクリとさせる。

「え、いったいどうしたの？」

そこでラウル様はアレン様に事情を説明する。

「なーるほどね。そりゃ、問題だよね。男女が同じ部屋だなんて!!」

「そうだろう!! 手違いにもほどがあるだろう」

執事頭は申し訳なさを感じてか、ますます小さくなった。

ラウル様が焦っていると、レイモンド様も近寄ってきた。

「あっ、レイモンド。今夜、僕らの部屋にラウルも来たいんだって」

だがレイモンド様はしばらく考え込んだのち、ゆっくりと首を振る。

「あの部屋はベッドが小さい。ラウルは体格もいいし、三人で眠るのは無理がある」

「だよねぇ、やっぱり無理だねぇ」

レイモンド様につられ、アレン様も肩をすくめた。

「そこをなんとか頼む。仲間だろう」

レイモンド様の腕を掴み、必死の形相で頼み込むラウル様。

「あの!!」

そこで声をかける私に、皆が注目した。

「同じ部屋でも私は大丈夫ですから」

「……」

ラウル様が言葉に詰まる。

「そりゃ、私なんかと同じ部屋では嫌でしょうが、ソファで寝ますし!!　動物たちもいますし!!」

「でもアステルはラウルと一緒で大丈夫なの？　不安にならない？」

アレン様が問いかけた。

「なにがですか？　あっ、私の寝言がうるさかったらどうしましょう!!」

それは考えつかなかった。

「逆にラウルの歯ぎしりとか、いびきがうるさいかもよ？」

「それは大丈夫です!!」

昔から一度眠ると、ちょっとのことでは目が覚めない体質だ。

「じゃあ、アステルがこう言っているんだし、一緒の部屋で我慢しなよ？」

「そうそう。紳士なラウルだから問題ないだろう？」

気のせいかラウル様とレイモンド様はにやにやと含み笑いしている。

「それとも自制心に自信がないか？」

レイモンド様からの一言がとどめとなったようだ。

「や……やってやろうじゃないか……!!」

なぜかラウル様が拳を握りしめ、熱く燃えている。唇をギリギリと噛みしめていた。何かを刺激してしまったらしい。

「ラウル様、私と同じ部屋で我慢してくださるのですね」

「うん、本当に我慢が必要だね、ラウル」

アレン様はラウル様の肩をポンと叩くと、レイモンド様と顔を見合わせて笑った。

夜、広間で動物好きの人たちと美味しく夕食をいただいたあと、湯を浴びて部屋に向かう。

扉を開けるとイスとモコが尻尾を振ってお出迎え。

モコはゴロンと寝転がり、お腹を見せてくる。イスはスリスリと体を寄せてきた。

ピーターは元気にお喋り。

「ドロシーネンネ」

ふとベッドを見るとドロシーは横になって、くつろいでいた。イスとモコもベッドに上がり、ドロシーに寄り添って寝転んだ。

どうやらラウル様はまだ戻ってきていないようだ。

窓辺に立ち、外を見る。空に大きく浮かび上がる月を見上げる。

「ほら、すごい満月よ。みんな来て――」

クルッと振り返ると、動物たちはベッドの上で目を閉じていた。

長時間の移動の上いっぱい遊んだので疲れたのだろう。静かにして起こさないようにしないと。

そう思っていると扉が静かに開いた。ラウル様が戻ってきたのだ。

いつもよりラフな格好で、湯あみをしたのか髪が濡れている。

なんだか色気を感じてドキドキする。

ふとラウル様がベッドをじっと見ていることに気づく。

動物たちが集まり、身を寄せて眠っている。ピーターにいたっては鼻からスピースピーと音が聞こえる。寝息だろうか。

可愛い寝顔だ。リラックスして眠る皆を見ているとこっちまで幸せな気分になる。

「イスがここまで元気な姿を見せるようになったのは、アステルのおかげだろうな」

「えっ……」

ラウル様がポツリとつぶやいた。

「最初は難しいと思っていたんだ。誰にも懐かず、部屋の物を破壊するなど問題行動ばかりで頭を抱えていた」

イスも慣れない環境でストレスがたまっていたはずだ。最近は上手く発散することができ、環境にも慣れてきた。

「セレン……妹にも心配された。『お兄さまが犬を飼うなんて大丈夫ですか?』ってな」

当時を思い出したのか、苦笑した。その表情がすごく柔らかい。

「だが懐かないからと言って簡単にあきらめるわけにはいかないだろう。決めたことはやり遂げないとな」

すごく筋が通った考えだ。きっと妹君の手前、無責任な姿を見せるわけにはいかないと奮闘したのだろう。

「妹君はご結婚なさるのですか?」

「……ああ」

ラウル様は少しだけ肩をすくめる。

「うちは母親が早くに亡くなっている。妹が幼い頃は兄である自分が守ってやらなければと、使命のようにも感じていた。その分、口うるさくなってしまった自覚は……ある」

ラウル様の口ぶりからは多少後悔していることが感じられた。

彼の性格から考えると心配なあまり、ガミガミと注意する姿が容易く想像できる。

「ですが、妹君を想う気持ちは伝わっているはずですわ」

私でさえ、ラウル様の本質に気づいたのだ。長い付き合いで兄妹なら、なおさらだ。口うるさい兄の本心、優しさを感じていただろう。

「どうだろうな」

ラウル様は顔を上げ、フッと微笑んだ。

「妹に、早く私の代わりになる男が現れたらいいと思っていた」

静かに語り始める彼に耳を傾けた。

「だが、不思議だな。いざ代わりの男が現れたら、嬉しい反面、寂しい気持ちがないと言えば嘘になる」

そう言って自嘲気味に笑い、肩を揺らす。

「だが、それ以上に妹には幸せになって欲しいと誰よりも願っている」

ラウル様の愛情は深い。

いいな、ラウル様にこんなに想われているなんて、うらやましい。私にも兄がいたら、心配してもらえたのかしら。

家族っていいな。でも私には――。

幼い頃、うんうんとうなずきながら私の話を聞いてくれた母が懐かしい。一番の話し相手だった。母は眠れない夜にはホットミルクを作ってくれ、かみなりが怖いと言えば、一緒のベッドで寝てくれた。

私にとって家族は、思い出の中にいる母だけだ。

でも会いたくても二度と会えない。母のことを思い出して少し寂しくなる。

「どうした？」

浮かない表情をしていたのが、ラウル様に気づかれた。

「いえ、なんでもありません」

私は慌てて取り繕う。

「妹さんが幸せになられるといいですね」

笑ってごまかすと、ラウル様は肩をすくめた。

「妹に先を越され、お前も早く相手を見つけろと、最近はせっつかれることが多くなった」

不意に視線を向けられ、ドキッとした。

どちらともなく見つめ合い、目が逸らせない。

なぜ、ラウル様は私を見つめているの？

そっと伸ばされた手。優しく触れる頬、ビクンと体が震える。手を伸ばせば届く距離、彼の爽やかな香りが感じられる。

静かな夜の空間で二人きり。濡れて首筋に張りついたラウル様の髪から色気を感じ、ゴクリと唾を飲み込んだ。

「ラ、ラウル様……」

真正面で向き合い、彼の名を口にした。

その瞬間、ガッと両肩を掴まれた。

「アステル……」

ラウル様は覚悟を決めたような真剣な顔で口元を引き締める。

その眼差しを向けられると、心臓がドクンと音を立てた。

ゆっくりとラウル様の顔が下りてくる。胸が高鳴り、手にギュッと力が入る。

その時、ふと視線を感じる。

ゆっくりと顔を向けると、先ほどまでぐっすり眠っていた動物たちが、いつの間にか起きていた。

興味津々に大きく見開いた目で、ラウル様を追っている。

「なっ……!!」

私に続いて視線に気づいたラウル様がパッと手を離す。

「なっ、なっ……」

ワタワタと慌てふためいた。

動物たちはワンともニャーとも発さず、ラウル様をジーッとガン見している。

「お、お前たちは寝ろ‼　たくさん寝ないと大きくなれないぞ‼」

ラウル様は動物たちにビシッと指を突きつけた。すると渋々ながら動物たちが言いつけを聞き、ベッドに横たわった。

その様子に思わず噴き出してしまう。

するとラウル様は鋭い視線を、キッと私に向ける。顔はなぜか赤い。

「アステル、一つ言っておくが、安易に男と同じ部屋になるものではない。男はみなオオカミだと思っていた方がいい‼」

「まあ、オオカミ！　凜々しくてかっこいい‼」

「そういうことを言っているのではない‼」

ラウル様はさらに顔を真っ赤にして否定し、大きく首を横に振る。

「男と同じ部屋なのは危険なんだ。俺を含めて男はみんな……」

「知っていますわ」

力説しようとするラウル様を遮った。

「ラウル様だからです」

彼の目をジッと見つめる。ラウル様は口を開け、目をパチパチと瞬かせた。

「は……？」

「ラウル様だから、同じ部屋にしてもらったのです。誰でもいいわけじゃありません」

そうラウル様だから、私は大丈夫だと思ったのだ。仮にこれがセドリックだったら、泣いてわめ

いて拒否をする。野宿した方がマシだ。

ラウル様は顔を紅潮させ、ウッと言葉に詰まる。すぐにフッと視線を逸らすと、背中を見せてフラフラと歩きだす。

そのまま無言で部屋を出て行こうとする。焦った私は声をかける。

「ラウル様、どちらへ？」

「アレンとレイモンドのところで寝る」

「でもお二人の部屋は、三人寝るスペースがないって……」

「大丈夫だ。床に転がってでも寝る‼」

言い切るラウル様はそのまま部屋から出ていった。唖然として見つめていると急に扉が開く。ラウル様がヌッと顔を出す。

「言い忘れた。必ず鍵を締めて寝るように。誰が来ても開けてはダメだ」

それだけを言うとサッと姿を消した。

私は言いつけを守り、ちゃんと鍵をかけた。

ラウル様、どうして部屋を出て行ったのだろう。やっぱり男同士の方が気兼ねなくていいのかしら。

でも――。

内心、びっくりした。ラウル様に口づけをされるのかと思った。

自身の唇に指でそっと触れる。口づけされたら、どうなっちゃうのだろう。考えるだけで頬が熱くなる。

それからずっとラウル様のことが頭から離れなかったが、いつの間にか眠りについた。


別荘で多くの人々に今後展開させる事業について説明できた。あとは開店準備を進めるだけ。

毎日が目まぐるしく過ぎていく。

正式に店舗を契約し、チラシを作ったり、業者を手配して内装に手を加えたり、店で使用する雑貨や石鹸などを揃えたり、大忙しだ。今のところ私一人で対応し、必要な物はラウル様にリストを渡す。そうするとラウル様の方から店に手配してくれ、私のもとに届くというやり方だ。

今日も店舗で開店準備をしていた。

「やっほー。準備は進んでいる?」

レイモンド様とアレン様が様子を見に来てくれた。二人共、知人に紹介して広めてくれているので、ありがたいことだ。

「ええ、だいぶ順調です」

動物をトリミングする台を取りつけ、洗う時のためにお湯もわかせるようになった。あとは看板を掲げるだけ。

「そっか。じゃあ、これ僕とレイモンドから、開店祝い」

渡されたのは綺麗な花束と観葉植物だった。

「ありがとうございます」

感動しながら受け取った。

「それ造花なんだ」

本物と見分けがつかないぐらい、とてもよくできている。

「まずは店内に飾る分だけ先に贈るよ。造花にしたのは、枯れる心配がないだろう？　店内に飾ると店の雰囲気がグッと明るく華やかになるじゃないか。だから店内には観葉植物と造花を置いて、開店当日には店の外に生花を贈るよ」

そこまで考えてくれていたとは、気遣いが嬉しい。

「ありがとうございます」

彼らの言った通り、店内に緑があるだけで爽やかだ。観葉植物をどこに飾るかは、あとで考えよう。花束は造花とは思えないほど綺麗で、今にも花の香りが漂ってきそうだ。

「あとこれ、ドライフラワーのリース。扉にでも飾るとおしゃれじゃない」

麦と白い花のナチュラルなドライフラワーのリースだ。

「ほら、ラウルは実用的な物を揃えるには問題ないが、美意識的な感覚には疎いだろう？　だから、アステルが好きそうな空間を作れるように、手を貸そうと思って」

確かにラウル様は実用的な道具は一通り揃えたが、内装をおしゃれにすることは後回し。というより、考えていないようだった。

それを友人二人はよくわかっている。プッと笑ってしまう。

「ありがとうございます」

さあ、これを店内のどこに飾ろうかしら。

ウキウキしていると扉が開く。

「あっ、ラウル様」

ラウル様が様子を見に来てくださったのだ。

「このお花と観葉植物にリース、お二人からいただきました」

ラウル様に告げると、一瞬怪訝(けげん)な顔をした。

「花と植物はわかるとして……。それはなんだ？　枯れているが」

「これはドライフラワーのリースなのです。扉にかけるとほら、おしゃれでしょう？」

壁に飾って実演して見せるが、ラウル様は首を傾げた。

「枯れたワラを拾って寄せ集めたようにしか見えない」

率直な意見を聞き、美意識の違いにガクッと肩を落とす。まあ、見え方は人それぞれだから。いろいろあるわよね。自分に言い聞かせる。

「それよりもどうだ？　店に、絵画でも飾るか？　獅子(しし)などが描かれた目立つやつだ。騎士の甲冑(かっちゅう)を置いてもいい。どちらも迫力があって強そうだろう」

ラウル様は目を輝かせ力説するが、もとよりそんな強さ、求めていない。

もっとふんわりほんわかした、優しい空間がいい。

「もうさ、ラウル。内装はアステルに任せなよ」

「そうだ、ラウル。大人しくアステル嬢に任せた方がいい。ポーカー場やビリヤード場とは違うんだぞ」

　二人が代弁してくださり、とても助かった。

　ふとラウル様は私の顔をまじまじと見つめる。前に立ちはだかり、両腕を組む。

「顔色が悪い」

「えっ、そうですか？」

　自分で実感がなかったので、頬に手を添える。

「あまり根を詰めるなと言っているだろう‼　人の話を聞け‼」

「はい、聞いています」

「ちゃんと休みも取れ！　もう十日も休みなしだろう？」

「よく、おわかりですね」

　最近は忙しく、なにより店舗のことを考えるのが楽しくて、休んでいる時間がもったいないと思っていた。

「無理して体を壊したらどうするんだ」

　頭上から大きな声で、ガミガミと説教を始めるラウル様。私は反論することなく、黙って聞いていた。

「ラ、ラウル、そんなに言わなくても……」

「アステル嬢だって考えがあってやっているのだから……」

　見かねたアレン様とレイモンド様が止めに入る。

私はクルッと体勢を変え、彼らに向かって微笑んだ。

「大丈夫です。あと数分で収まりますから。これがラウル様の日課ですわ」

「誰の日課だ‼」

クワッと目を見開くラウル様。

「はい、ラウル様が私に説教するのは、ここ最近毎日ですわ」

ちゃんと休め、ご飯を食べろ、早く寝ろとしつこいぐらい言ってくる。

「でも、私を心配してくださっているのですよね？」

首を傾げて顔をのぞき込むと、ウッと言葉に詰まるラウル様。

「か、開店が遅くなっては困るからな‼」

この人の、こんなところが素直じゃないなって思う。だけど、典型的なツンデレタイプで思わず笑ってしまう。

口に手を当て笑いを堪える。

「ラウルにここまで言い返す女性は初めて見た」

レイモンド様が感心したように言い、腕を組む。

「本当、ラウル相手にひるんでないなんて‼」

アレン様もケラケラと笑い出す。

ラウル様はそんな二人をジロリとにらむ。二人はサッと口を閉じるが、口元がゆがんでいた。

「ほら‼」

いきなりラウル様から、グイッと紙袋を押しつけられる。

袋を開けるとフワッとバターの香りがした。中には焼きたてのクロワッサンが入っている。

「美味しそう‼」

「忙しいといって食事をおろそかにしているだろう。ちゃんと食べろ」

毎回こうやって必ず差し入れを持ってきてくれる。しかも美味しいと有名な店のものばかりなので、逆に食生活は潤っている。

「ありがとうございます、あとからいただきます」

「ダメだ、今すぐ食べろ」

ラウル様は私の手から袋をひったくると、クロワッサンを取り出し、強引に私の口に押しつけた。

仕方がないのでパクッと一口食べてみた。

「美味しいです。バターの風味が抜群で」

ラウル様は満足げに、そうだろうそうだろうと、うなずく。

「次はこっちのパンも食べるんだ。野菜と肉が挟まっているから、バランスがいいだろう」

パッと紙袋からミックスサンドを取り出した。

ラウル様は面倒見がいい。良すぎるぐらいだ。

一部始終を見ていたレイモンド様とアレン様は静かに顔を見合わせる。

「なんか二人の世界に入っているから、帰ろうかレイモンド‼　僕らはまるで空気だ」

「そうだな、邪魔者は退散するよ」

レイモンド様は手にしていた帽子を深く被る。

ラウル様はなにも言えずに、口をバクバクと開けたり閉じたりしている。

「じゃあ、また来るさ」

「ばいばーい」

アレン様とレイモンド様は手を振ると、さっさと去っていった。

なんだか気恥ずかしい空間に二人取り残された。

まったく、最近、二人は私とラウル様の仲を冷やかしてくるものだから、対処に困る。

ただ笑っていればいいのか、それとも否定すればいいのか。そもそもラウル様はどう考えているのだろう。少し気になる。

ラウル様は首の後ろに手を当てながら、ゆっくりと店内を見回す。

「もうすぐだな」

「楽しみですね」

開店して少し落ち着いたら、みんなを連れてこよう。新しい職場を見せてあげたい。

イスとモコには看板犬になってもらい、ドロシーは日当たりの良い場所で昼寝をさせてあげよう。

ピーターもお喋りだから、呼び込みにはピッタリかも。

この場所が動物たちの憩いの場となればいいな。願いを込めて店内を見つめた。


数日後。

今日も元気に店舗へ向かい扉を開けた瞬間、予想もしていなかった光景に息を吞んだ。

「なに、これ……‼」

カーテンは引き裂かれぐしゃぐしゃになって床に落ちている。動物のお風呂として用意した猫足が可愛いバスタブは真っ青なペンキがべっとりとぶちまけられていた。

お祝いでいただいた観葉植物は半分ほどべっきりと折られて、ドライフラワーのリースも引きちぎられ、バラバラに床に散らばっている。

尋常じゃないひどい有様に驚いて足がすくむ。

なぜこんなことに……？　せっかく準備をしたのに……。

ラウル様が道具を一式揃えてくれ、アレン様とレイモンド様も内装が素敵になるように心を尽くしてくれたものが無残な姿になっていた。

もしや泥棒？　だが金目の物は置いていない。だとすれば嫌がらせだ。

でもいったい誰が？　そもそも鍵をちゃんとかけていた。どうやって侵入したのだろう。

部屋の惨状を見渡して、泣きたくなった。だが、泣いている時間はない。

気を奮い立たせ、顔をパッと上げる。徐々に怒りが湧いてくる。

誰だ、こんなことをしでかした奴は‼　絶対に許さないんだから。

私の心にはメラメラと怒りの炎が着火した。

その時、ソファの陰からキラリと輝くものが視界に入る。腰を折り、すぐさま拾い上げる。

それは金のチェーンだった。シルバーの指輪がぶら下がっている。

この指輪に見覚えがある。

だが、なぜここにあるのだろう。私の考えていることが正解なら、この指輪を失くしたことに気づいたその人は、必ず取りに来る。

犯人に思い当たり、ショックを受けたが、次第に許せない気持ちに変わる。

なんとしても捕まえるわ。

私はすぐさまラウル様のもとへ報告に行った。店が荒らされたことを告げると、彼は血相を変えた。

「それで、無事なのか⁉」

ラウル様が勢いよく立ち上がったせいで、座っていた椅子が後方に倒れた。大きな音が部屋中に響く。

「それが無事ではないです、店内が荒らされて――」

「店じゃない、アステルは無事だったのか？」

ツカツカと目の前に来ると両腕をガッッと掴まれた。

「犯人に遭遇していないだろうな？　怪我はしていないか？」

必死の形相で問われ、目をパチクリとさせる。私の心配をしてくれているのだろう。

「私は大丈夫です」

ラウル様はホッと胸を撫で下ろす。

「なぜすぐに警備隊を呼ばない⁉　犯人がまだ店内に潜んでいた可能性だってあるだろう」

「あっ……」

言われてみればそうだ。店から出て、周囲に真っ先に助けを求めれば良かったのだ。

あまり人に助けを求めたことがないので、思いつかなかった。それどころか、被害はどの程度のものか、じっくり店内を確認してからここへ来てしまった。

ラウル様は危ないだろうとわめているが、言われて当然だ。

「警備隊とか考えが及びませんでした」

「一番最初に呼ぶべきだ」

「ただ、真っ先にラウル様の顔が浮かびました。なにかあったら、絶対どうにかしてくれると思ったので」

「あっ……ああ」

するとそれまで怒りに任せ激高していたラウル様が、急に大人しくなった。

ソワソワと両手を動かし、落ち着かない様子だ。首から真っ赤になっている。ジッと見ていた私と目が合うと、咳払いをした。

「店の件は任せろ。警備隊にも連絡し、すぐに修理業者を入れよう。ただ当分店には近寄らないでくれ」

「ですが……」

急いで開店準備をしなければ、間に合わなくなってしまう。それに――。

「危ないから近寄るな」

ギロリとにらまれ、それ以上なにも言えなくなってしまう。

私の勘が正しければ犯人はまた店に来るはずだ。ポケットにしまったネックレスのことをラウル様に言おうか迷ったが、結局言えなかった。唇をギュッと噛んだ。

これ以上、迷惑をかけるわけにはいかない。私の問題だ。一人で片をつける。

手の中で強くネックレスを握りしめた。

屋敷に戻り、ユリアに事情を話す。

「まあ、お嬢さま。犯人と鉢合わせしなくて良かったです」

「それでね、今夜、店舗に行ってみようと思うの」

「えっ‼　正気ですか⁉」

ユリアはあんぐりと大口を開ける。

「だ、ダメです、危険です‼」

「もしかしたら、犯人は今夜も来るかもしれないから」

「なおさら危険です。行かせられません‼」

必死になって止めに入るユリアだが、私は意外に冷静だった。

「なんとかして尻尾を摑みたいの。今夜がそのチャンスだと思うの」

「お嬢さま、もしかして心当たりがあるのですか？」

ユリアに聞かれて、力なくうなずいた。

「でも危険です。私は反対ですから」

ユリアは断固として反対する。

その気持ちもわかるが、それでも私は一人で挑み、自分の力で解決したかった。

ユリアに反対されたまま、夕方を迎えた。

今日は食欲がないと皆に告げ、早々に部屋に引き上げる。身軽な格好に着替えてから覚悟を決める。

窓枠に手をかけ、窓を全開に開放する。足をかけたところで背後に気配を感じた。

「やっぱり、行かれるのですね」

深いため息をつくユリアは、私の行動をお見通しのようだ。

「……ばれた？」

ちょっと決まり悪く、苦笑いする。

「まったく、お嬢さまは言っても聞かない頑固な一面がありますので。反対すれば、強硬突破なさるのは想像通りです」

「今の時間なら、まだ人通りはあるわ。店舗に行って身を潜めているつもりよ」

ユリアは近づくと、手にしていたストールを私の肩にかけた。

「まったく……。いいですか、部屋の窓は開けておきますから。見つからないように戻ってきてください。裏口に馬車を用意しておきましたから。口の固い従者にお金を握らせたので、大丈夫でしょう」

ユリアは私のために準備をしてくれていた。

「深夜までに帰ってこなかったら、お嬢さまになにかあったと判断して連絡します。その時はこってり叱られてください。あらかじめ宣言しておきます。私は庇いませんよ」

ユリアの顔は至って真面目だ。

叔父は私が屋敷を抜け出しても呆れるだけで、私の身を心配して怒ることはないだろう。基本、無関心だから。

「告げ口しますからね。——ラウル様に」

「ヒッ‼ それはやめて」

ユリアがビシッと指を突きつけたので、喉の奥が引きつった。

ユリアはにんまりと笑う。

「ですから無事に帰ってきてくださいね、日付が変わる前ですよ。少しでも遅れたら問答無用でラウル様に連絡しますので」

「わ、わかりました」

ユリアの決意を感じ取り、思わず敬語で返す。

そんなやり取りをしているとドロシーが近づいてくる。心なしか不安そうな声でニャーと鳴く。

「ごめんね、ドロシー。いい子で待っていてね」

そう私は決着をつけなければいけないのだ。

店舗の近くで馬車から降りる。

夕暮れの街の空気を吸い込んだ。ほのかな灯りと人々がまばらに行きかう、大人の時間。

キョロキョロすることなく、真っすぐ足早に店舗を目指した。

鍵を開けて店内を見回すと、朝に見たペンキはもう綺麗になっていた。

さすがラウル様、仕事が早い。あれからすぐ業者に清掃を依頼したのだろう。カーテンは元通りになり、お風呂のバスタブとソファは新品に取り替えられていた。

絶対犯人を捕まえて、弁償させてやるんだから。

私は意気込み、店舗のカウンターの下に潜り込んだ。ここなら隠れることができるし、ちょうどいい。膝を抱え、息を殺してジッと待つ。

外灯の灯りが店舗に差し込むおかげで、真っ暗闇ではない。そこだけは助かった。

裏通りの酒場からの帰りなのか、酔っ払いたちの声が時々聞こえる。

ジッとしていると徐々に眠気が襲ってきて、ウトウトしてきた。

だがガタッと物音が聞こえ、一瞬で覚醒する。

誰かが来た……!!

扉に鍵を入れ、カチャカチャと回す音がする。

こんな時間に店舗に用事があり、しかも合い鍵を持っているなんて犯人に間違いない。

やがてゆっくりと扉が開く音がする。ヒタヒタと聞こえる足音から推測するに一人だ。ランプを持っているらしく、店舗の中が明るくなる。

ゴクリと唾を呑む。

カウンターの隙間からのぞくと、見知った人物が真剣な表情で床を見つめていた。

やっぱり……‼　私の予想は間違ってなかった‼

カッと頭に血が上り、たまらず勢いよく立ち上がった。

「なにをやっているのよ、セドリック‼」

「うわぁあああああ‼‼」

いきなり飛び出した私に心底びっくりしたのだろう。セドリックは尻もちをつき、手足をばたつかせ逃げ出そうとした。

怒りの形相をセドリックに向けていると、ようやく私に気づいたようだ。

「お前……アステルか⁉」

「そうよ‼」

それ以外、誰がいるっていうのさ。ここは私の店よ。

「なんでこんな時間にいるんだよ、危ないだろ‼」

誰のせいだと思っている、お前が言うな‼

「それはこっちの台詞よ。あなた、私の店になにをしてくれたのよ‼」

興奮して叫ぶが、勢いが止まらない。

ガサゴソとポケットの中を漁り、取り出したものをセドリックに突き出した。

「荒らされたあとにこれが落ちていたのよ」

金のチェーンに繋がれたシルバーの指輪を目にすると、セドリックはグッと唇を噛みしめた。

「これは、あなたのでしょう?」

セドリックは母親の形見の指輪をネックレスにし、肌身離さず身に着けていた。

「絶対、探しに来ると思っていたわ‼」

そう、指輪には家紋が入っている。言い逃れできないはずだ。

「どうしてこんなことをしたの‼」

興奮してセドリックに詰め寄ろうと一歩踏み出す。だがそこで、つまずいた。

しまった、観葉植物が床に置いたままだった。気づいた時には遅かった。足首からグキッと鈍い音がした。バランスを崩し、受け身を取る間もなく、そのまま倒れ込んだ。

その瞬間、頭に衝撃を受けた。

意識を失う瞬間、フードを被ったセドリックの姿が月明かりに浮かび上がった。

こんなことならラウル様の言いつけを守っておくんだった。

後悔したがもう遅かった――。


頭が重い。ズキズキするわ。それに足首も痛い。

ぼんやりと目を開けると、見慣れぬ天井が視界に入る。

はっ、ここはどこ⁉

身を起こすとベッドに寝かされていた。どこかの寝室らしい。だが見覚えがない。

外は暗く、まだ夜だ。

部屋のところどころには、鏡が置かれている。その尋常じゃない数に息を呑む。

もしやここは――‼

「起きたか」

声のする方に視線を向けると、セドリックが窓辺に立っていた。

彼の姿が視界に入ると、先ほどまでのやり取りを思い出す。

まだ話は終わっていない。

「説明してもらうわよ、セドリック」

大事なお店をめちゃくちゃにしたこと。そのための合い鍵をどうやって入手したのか。聞きたいことは山ほどある。

「どうしてお店をあんなにしたの？」

「事業なんて、やめさせたかった。俺は反対だ‼」

セドリックはそう吐き捨ててから、堰を切ったかのように話し始める。

「店が嫌がらせに遭えば、開業が遅れるか、気味悪がって商売をやめるだろう。もしくは、噂になれば客足が遠のく」

「なぜ、そうまでして辞めさせたいの」

「事業が上手くいかなければ、ラウル様との縁も切れるはずだ。そしたらアステルは以前のアステルに戻るだろう」

以前の私？　言いたいことも言えずに屋敷にこもり、レティにも叔父夫婦にもいいように使われる人生に？

そんなのまっぴらごめんだ。

「嫌よ。動物に関わる仕事をするのは私の夢だった。だから邪魔しないで」

セドリックはグッと拳を握りしめる。

「じゃあ、事業をするのは許してやる」

だからなぜ、そこでセドリックの許しがいるのさ。謎の上から目線はやめてくれ。

「そこは……仕方がない。我慢しよう」

耐えるように唇を噛みしめる。

「その代わり婚約を、いや、今すぐ婚姻届けを出そう」

決意に満ちあふれた笑顔を向けられる。

「は？」

なんでどうしてそうなった。どう考えれば、そこにたどり着くんだ。

「ちょっと待ってくれる？」

冷静になって話を整理しようと、こめかみに指を当て考える。

「いや、待てない‼」

対するセドリックは首を大きく振る。

「どうして俺と結婚しないんだ!!」

勢いよくツカツカと歩み寄ってきたかと思うと、両腕を掴む。

「痛っ……」

力が強すぎて腕が痛く、顔をしかめる。

「じゃあ、私も言わせていただくけどね――」

ふつふつと怒りが込み上げ、掴まれていた手を振り払って、ベッドから飛び出した。

「あなたに言い寄ってくる女性もいるわよね？　それなのに、どうしてそこまで私との婚約にこだわるの!?　正直に話して!!」

セドリックは目をまん丸にして、口をポカンと開けた。

しばらくの沈黙のあと、フッと得意げな顔をして髪をかき上げた。

「不幸な幼なじみを救ってやるなんて、ヒーローっぽくて俺の株が上がるだろう？」

あんたの株を上げるために婚約なんてまっぴらごめんだわ。

「俺は自分が一番好きだ!!」

堂々と胸を張り宣言するセドリック。うん、知ってる。このナルシスト。

「そろそろ婚約しろと周囲がうるさくなってきた。女性からちやほやされるのは大歓迎だが、結婚したら、相手に取られる時間がもったいない。一緒に出かけたりとか無駄なことはしたくない。俺は、自分だけのために時間を使いたい」

「セドリック、あんた、結婚する資格ないわ」

結婚って、心から好きな人の側にいたいと思ってするものだと思う。

相手のために時間を使いたくないとか、そんなんじゃなくて。楽しい時間も辛い時間も、共有したいものじゃないのか。

「叔父家族から虐げられている不幸なアステルを、結婚という形で家から救い出した俺の株は上がる。加えてアステルは俺の時間を邪魔しない。それにアステルなら俺の隣に並んでも、まあ、釣り合いが取れている」

頭のてっぺんからつま先まで値踏みする視線を向けるセドリック。失礼な奴。

「そんな理由で店舗をめちゃめちゃにしたの⁉」

自分勝手な思想を聞き、怒りで手が震える。

「お前が事業とか言い出すからだ。手っ取り早くあきらめさせたかった」

白状するセドリック。

店がめちゃめちゃになったぐらいで、私のやる気は消えない。私を甘く見ているわ。

「お前だってあの家から出られるんだから、いい条件じゃないか。どうだ？　俺と条件つきで組まないか？　お前は家から出られる、俺は周囲からの株も上がるし、結婚で自由な時間が奪われることもない」

真っすぐに手を差し出すセドリック。

自信に満ちあふれていて、私がその手を拒否するとは想像つかないのだろうな。

セドリックの手をじっと見つめる。

「――あの家から出たい。確かにそれは私の長年の望みよ」

セドリックは「じゃあ……」と言い出し顔を輝かせる。その勢いで、ズイッと身を乗り出した。

私は静かに首を横に振る。

「違うわね。結婚という形ではなく、私は自分の力であの家を出るわ」

スッと息を吸い込み、ビシッと指を突きつけた。

「だからあなたとは婚約しない」

セドリックは唇を噛みしめた。

「いい加減、理解してちょうだい、これが最後よ。――もし、次に私に同じことを言ったら、あなたに婚約を迫られて、誘拐されたって噂を広めてやるわ。噂がどう広まるのか、楽しみね」

はっきりと告げるとセドリックは息を呑んだ。

「それに、セドリック。事業は私がずっとやりたかった夢だったの。それを邪魔したことは、そう簡単に許せることではないわ」

視線を逸らさずに答える。セドリックは再びグッと私の腕を掴む。

「痛っ……」

「事業を通じて、ラウル様とどうにかなれるとでも思っているのか？　あのお方と自分は釣り合うとでも？　言っておくが、両親もいない、借金を抱えている落ちぶれたグレイン家のお前では、とうてい釣り合わない相手だぞ‼」

セドリックの言葉が胸に突き刺さる。

ラウル様とは釣り合わない、身分が違う、そんなことはわかっている。

あの人は、たまたま私の事業に興味を示してくれただけだって。

悔しくてカッとなり叫んだ。

「私だってわかっているわよ。でも、あんたにだけは言われたくない‼　こんな卑怯な真似をするあんたと婚約だなんて、絶対にお断りだから‼」

セドリックが顔を真っ赤にし、プルプルと全身を震わせ始めた。私に対する怒りがマックスということか。

「このっ……‼」

セドリックは唇を噛みしめ、右手をヒュッと上げた。

ぶたれる‼

覚悟を決めて瞼をギュッと閉じた。

「釣り合う釣り合わないは、お前が決めることではない‼」

その時勢いよく扉の開く音が聞こえ部屋に響いたのは、低く威圧感のある声。

――この声は⁉

バッと顔を向けると、そこにいたのはラウル様だった。

しかも、めちゃくちゃ息が切れている。

ハーハー言って苦しそうに肩を上げ下げして呼吸しているし、額には大粒の汗をかいている。いつも首元でキッチリと締められていたタイは緩んでいる。

どうしてここにいるの……？

私の疑問をよそに、ラウル様はビシッと指を突きつけた。

「アステルを守れ!!　イス、モコ、行け!!」

イスとモコは一目散に駆け寄ると、セドリックに向かって一斉に吠え出した。

怖気づいた彼は私の腕からパッと手を離す。その隙に距離を取る。

イスとモコはセドリックの足元で、飛びかからんばかりの勢いで吠え続ける。犬たちに恐怖を感じているのだろう。彼の顔がみるみる真っ青になった。

イスは何度か吠えたのち、後ろ足を蹴り上げ、セドリックに飛びかかった。イスが大口を開けるまでがスローモーションのようだ。

いけない、イスに本気を出して噛まれたらセドリックが大けがする……!!

息を呑んだ瞬間、ラウル様が声を張り上げる。

「イス、ダメだ、ストップ!!」

怒気を含んだ声に反応し、イスはピタリと動きが止まった。少し躊躇したようだが静止してから、ゆっくりと口を閉じる。

「よし、いい子だ」

しゃがみ込んだラウル様はイスを褒め、頭を撫でる。

その姿を見てジーンと感動してしまう。

「ラウル様、飼い主として立派になって。それにイスもおりこうさんで……」

感慨深くなり、口に手を当てる。

「バカか‼　今はそんなことを言っている場合ではない」

ラウル様はクワッと目を開き、私に説教する。はっ、はい、そうでした。

セドリックは腰を抜かし、その場にへたり込んでいる。放心状態のようだ。

「でも、どうしてここに……？」

「グレイン家の侍女が深夜に連絡を寄越してきたのだ。アステルが帰宅しないと。それを聞いたイスとモコも騒ぎだしてな、二匹を連れて急いで店舗へ向かった。そこで犬たちが床に鼻をつけ、匂いを嗅ぎだした。そしたら、二匹が走り出した」

「まさか、ここまでイスたちを連れて走ってきたのですか？」

恐る恐るたずねる。

「ひ、日頃の運動不足解消のためだ‼」

汗をダラダラ流しながら、ラウル様は真っ赤になったまま叫ぶ。

「そこで強引に上がらせてもらった」

扉の奥から、心配そうにこちらをのぞき込むパジャマ姿のバルトン家の執事の姿があった。

深夜にいきなり犬を二匹従えた男性が屋敷に乗り込んでくるなど、対処に困っただろう。しかもフェンデル家が相手では無下に追い返すこともできないし。

「そんなことより……」

ラウル様はスッと大きく息を吸う。

「どうして一人で無茶な真似をしたんだ‼」

予想以上に大きな声で叱られ、耳の奥がキーンとなった。

「犯人を捕まえて話をしないといけないと思ったのです‼」

「だからといって、夜に一人で向かう奴がいるか‼　それぐらいのこともわからないのか⁉」

「大丈夫でしたから‼　足がもつれてスッ転んでコブができたぐらいですから‼」

こうやって犯人を捕まえることができた。私が行動しなかったら、またセドリックに嫌がらせをされることになっていたはずだ。

「コブ……？」

「ええ、見事なコブ一つで済みましたから‼」

胸を張って言うと頭を摑まれた。

「見せてみろ」

頭をわしゃわしゃと手荒く、撫で繰り回される。わ、わ、髪型が乱れる。

ラウル様によるコブチェックが終わり前を向かされると、目が合った。

先ほどまでの怒り心頭の態度から一変して、眉が下がり、目を細めている。

「ちょっとは落ち着いて行動したらどうなんだ？　開店準備に夢中になって寝食を忘れ、店舗へ忍び込んだと思ったら、犯人を一人で捕まえる気だったと？　予想もつかない突拍子もない行動ばかりとる」

ラウル様は私の肩をガッと摑むと、ガクガクと揺さぶった。これじゃあ、話そうにも話せない。

勢いで舌を噛む。

「どうしていつも心配ばかりさせる。こっちの命がいくつあっても足りない。なぜ私はアステルのことばかり、毎日考えているんだ‼」

真剣な眼差しを向けられ、息を呑んだ。

私のことばかり考えている？　それも毎日？　心の中で反芻（はんすう）した瞬間、顔が一瞬にしてボッと火照った。

その途端、ラウル様は私に負けじと首から耳まで真っ赤に染まり、パッと手を離した。

「いや、これはその……」

動揺した姿を見せ、手の置き場に困ったのか、ワタワタしている。

そんな姿を見て、とても可愛いと感じた。

私――ラウル様のことが好きなのだわ。

胸にストンと落ちてきた感情。

事業に手を貸してくれる方だし、そもそも身分違いだと自分に言い聞かせていた。心のどこかで気持ちをセーブしていた。

でもダメ。こんな風に助けに来てもらえたら、好きだと自覚してしまう。自分の気持ちをごまかせない。

同時に胸の奥がキュンキュンして、思わず胸を押さえた。

ソワソワしているとイスが大きくワンと一声鳴いた。

その声で我に返る。

いけない、私にはまだやるべきことがある。

放心状態で床にへたり込んでいるセドリックにキッと視線を向ける。

ツカツカと歩みより、ストンと腰を落とす。

「セドリック、先ほども言ったけど、あなたと婚約はしない。それに、あなたは許されないことをした」

言うだけ言うとスッと立ち上がる。クルッと背中を見せ、一歩踏み出したところでピタリと足を止めた。

「あっ、そうそう」

思い出して振り返る。セドリックがビクッと肩を揺らす。

「店の弁償金の請求書を送るから。慰謝料と合わせて支払いよろしくね‼」

すべてセドリックに払わせる。当たり前だ。彼の頬が大きく引きつったが、知るもんか。

「行きましょう」

ラウル様を促し、イスとモコを引き連れて退室した。


屋敷を出ると、外は薄らと明るくなっている。もうすぐ夜明けだ。

停車していたフェンデル家の馬車に乗り込み、ラウル様にこれまでのことを話す。

ラウル様もここまで来た経緯を話し始めた。なんでもイスとモコが匂いで追跡しているその後ろを、フェンデル家の馬車はずっとついてきたそうだ。ノロノロとスピードを合わせて。

それはさぞかし従者も大変だっただろう。

だが、想像すると思わず笑みがこぼれてしまう。

「なんだ」

窓枠に肘をついていたラウル様が少し照れくさそうに頬を染めながら、ジロリとにらんだ。

「いいえ、迎えに来ていただき、ありがとうございました」

面と向かって礼を言うが、気恥ずかしい。ラウル様も同じ気持ちだったのか小さくうなずくと、そっぽを向き、窓の外に視線を向けている。耳がほんのりと赤い。

イスとモコは大人しく床に座り込んでいる。

なんだか照れくさい空気が漂っている。妙に意識してしまい、会話が続かない。

「イスとモコもありがとうね」

二匹の頭を交互に撫でると嬉しそうに頭を上げる。

「帰ったらおやつをあげるわ」

尻尾をパタパタと振り続ける二匹を連れ、まずはフェンデル家に向かった。

屋敷に到着し、馬車の扉が開かれた。ラウル様が先に降りると、イスとモコが続く。

私も外に出ようと扉に手をかけると、スッと手が伸ばされた。

「えっ……」

急に視界が反転し、体が浮いた。力強い腕が背中に回され、ラウル様に抱きかかえられていた。

「ちょっと待ってください」

ジタバタと暴れる。

「ジッとしていろ‼　コブができているのだろう」

「大丈夫です‼」

真っ赤になり、今すぐ地面に下ろすように抗議する。

ラウル様は大きく首を振る。

「ダメだ‼　コブが大きくふくれ上がって、破裂でもしたらどうするんだ」

そんなバカな。心配しすぎだと告げるが、彼はごく真面目な顔をしている。どうやら引く気はないようだ。

「で、ではお願いします」

「行くぞ」

覚悟を決め、落ちないように暴れるのを止めた。

この体勢では顔が近すぎ、気恥ずかしくて頭がクラクラする。

「どうした？」

私の気も知らず、顔をのぞき込んでくる。

「ち、近くて……」

おずおずと切り出す。途端にラウル様も距離の近さに気づいたのか、真っ赤になった。

「ば、バカか‼　なにを言っている。大人しくしていろ」

「は、はい」

そのままラウル様は私を抱きかかえ、屋敷の中へと進んだ。吐息と彼の体から体温を感じ、恥ずかしさでうつむいてしまう。

やがて一室に通され、ラウル様は私をベッドにそっと下ろした。

「ここで休んでいてくれ」

そのまま部屋から出て行こうとするので引き止める。

「どこへ行かれるのですか？」

「医者を呼ぶ」

そんな大げさな。それにこれ以上、迷惑はかけられない。

「いいえ、大丈夫ですから」

慌ててベッドから立ち上がると、右足にグキッと痛みが走る。思わず顔をしかめ、再びベッドに座り込んだ。そういえば足首を捻ったんだった。

その一部始終を見ていたラウル様は顔色をサッと変えると、急いで歩き出す。

「今すぐ医者を呼ぶから待ってろ」

「あっ、待っ――」

引き留めようと手を伸ばしたがむなしく、ラウル様は背中を見せて退室した。

それからすぐに初老の男性の医者がやってきて、一通りの診察を終える。

「すぐに良くなるでしょう。痛み止めの薬草を処方しますね」

医者が手際よく薬を準備している最中、ノックの音が響いた。

「はい」

返事をすると扉が勢いよく開く。

「診察の結果はどうだった？　命に別状はないか？」

早口でまくしたてるラウル様に医者も苦笑する。診察結果を聞き、ラウル様の強張っていた表情がようやく緩む。

「では、私はこれで。また心配なことがございましたら呼んでください」

「はい、ありがとうございました」

医者はぺこりと頭を下げ、退室した。

ラウル様に改めてお礼を言おうと向き合ったところで、扉の方からカリカリとなにかを擦るような引っかくような音が聞こえた。

ラウル様も気づいたようで、二人で視線を向ける。

やがて、扉が静かに開く。

狭い隙間に体を入れて、無理やり扉をこじ開けて侵入してきたお客さまは——。

「モコ‼」

尻尾をふりふり、近づいてくる。その後ろにはイスも続く。

イスとモコはベッドに上がり、尻尾を大きく振って私に顔をこすりつける。

「アステル、アステル――」

ピーターもあとに続き、部屋を飛び回った。

「ピーターもこっちにおいで」

ピーターは私の肩にとまり、身を寄せてくる。

ラウル様はベッドに腰かけ、私の顔をのぞき込んだ。

「ほら、動物たちも心配しているんだ。少し休め」

「ラウル様……」

優しい顔を向けられ、胸がドキドキする。赤くなった顔を見られまいと、そっと横を向く。

「わかりました。少し休みます」

宣言するとラウル様はホッとしたように表情が明るくなる。

シーツを引き上げて肩にかけてくれた。距離が近くなり、さらに胸が熱くなる。目をギュッと閉じた。

しばらくすると違和感を覚え、目を開けた。

目を閉じた隙に、体にはシーツがぐるぐると巻きつけられていた。

私ミイラ状態。

「あの、これでは身動きがちょっと……」

「腹を出して冷えるといかん。このまま大人しく寝ていろ」

ラウル様はシーツの上からポンポンと私を叩く。

「いいか。寝るんだぞ」

ラウル様はしつこく私に言い聞かせる。

「こい、ピーター」

手招きするとピーターは、そっとラウル様の肩にとまる。

「アステル、ネロー！　ネロー‼」

ピーターが叫んだ。

「お前もたまには良いことを言うな」

ラウル様がピーターを褒める。ピーターは言葉を理解しているのか、得意げに頭を揺らした。

「だが、お前は別室へ連れていく」

ラウル様はそう言い、両手でガッとピーターを摑まえた。

「イヤイヤ、アステルノソバニイル」

立派なとさかを揺らして、抵抗するピーター。

「ダメだ、お前が側にいてはうるさくてアステルが眠れない」

ラウル様は嫌がるピーターを摑まえたまま、立ち上がる。

「イヤー‼　ヤメテ――‼　ドウブツギャクタイ、ハンタイ‼」

ピーターの必死に反撃する声が部屋中にこだまする。

「まったく、うるさい」

ラウル様は顔をゆがめる。

「いいか、大人しく寝るんだぞ」

ラウル様が私に念を押したので、コクコクとうなずいた。次にラウル様は、イスとモコに向かって指示を出す。

「アステルの安眠を守れ。それがお前たちの仕事だ」

イスとモコは任務を与えられ、尻尾を大きく振る。

「「ワン‼」」

そして二匹同時に返事をした。

ラウル様は満足げにうなずくと、ギャーギャー言い続けるピーターを連れ、退室する。

なんだかんだ言っても、動物たちはすっかりラウル様と打ち解けているみたいだわ。クスッと笑みがこぼれる。

ああ、私って幸せだな。ふと感じる。

ラウル様に心配されて、大好きな子に囲まれてふかふかのベッドに横になっている。なんだかすごく安心する。グレイン家では感じることのなかった安らぎ。

私に家族はいなかったけど、大切に思ってくれる人がいるんだと実感する。

しばらくすると睡魔が襲ってきた。

イスとモコのぬくもりを感じながら、すぐに深い眠りに落ちていった。


どのくらい眠っていたのだろう。

ゆっくりと目を開けると知らない天井が視界に入る。

あっ、そうか、ここはフェンデル家だわ。もしかして私、あれからずっと寝ていたの？

今は何時ぐらいだろう。外はすっかり明るい。

自分で思った以上に疲れていて、ぐっすりと眠ってしまったようだ。

イスとモコが同時に顔を上げる。どうやら私に付き合ってくれたみたいだ。

「あなたたちのおかげでぐっすり眠れたわ。ありがとう」

もうすっかり元気を取り戻した。

いつまでも休んでいても仕方ない。起き上がり、シーツでグルグル巻きの状態からなんとか抜け出す。

そうしたところで、扉の隙間から視線を感じた。

ヌッと顔半分をのぞかせ、険しい顔をしている。――ラウル様だ。

「まだ大人しくしていろ」

えっ、そんな。いい加減起き上がりたい。

「ワン‼」

反論しようと試みれば、グイッと服の裾を引かれた。

イスが服を口に咥え、引っ張っている。イスはご主人であるラウル様に忠実に従っているらしい。

いつの間に、こんな信頼関係を築いていたのだろう。

「イス、アステルを見張っていろ。部屋から出すなよ」

「ワンワン!!!!」

イスは大きく立派な返事をした。

まったくラウル様は過保護すぎる。

「お腹が空いただろう。今準備するから部屋でゆっくり食べるといい」

どうやらラウル様はまだ私を部屋から出す気はなさそうだ。

それから運ばれてきた食事を食べた。その後も数時間おきに「具合はどうだ」と聞いてくるラウル様。

あのそれ、一時間前にも聞かれたばかりですから！

しかし、こんなにゆっくりと過ごしたのはいつぶりだろう。

窓の外の景色を眺める。快晴の青い空がまぶしくて目を細めた。ゆったりと過ごす時間。確かにここ最近、開業準備やらなんやらで忙しく、気を張っていたからな。

自分で思うより、疲れていたのかもしれない。この機会に少しゆっくりして過ごそうか。

空に流れる雲を眺めつつ、ぼんやりと思った。

「顔色がだいぶ良くなったな。そろそろ外に出るか」

元気になり、暇を持てあまし始めた頃、ようやくラウル様より許可が下りた。

「まずは屋敷の周囲を散歩でもするといい」

ラウル様に言われ、イスとモコを連れて散歩に出ることにした。

晴れた空の下、屋敷の周りの中庭をグルッと歩いて回る。

その時、あることに気づいた。

以前見かけた離れのログハウスが騒がしい。人々が集まり、なにやら作業をしているようだ。改装でもしているのだろうか。

前は庭師が住んでいたと言っていたっけ。また誰か住まわせるのかしら。

疑問に思いつつも散歩を再開する。

中庭を半分ほど過ぎた時、表に馬車が停車しているのが見え、息を呑む。

あれはグレイン家の馬車だ。もしかして——叔父が来ているの？

嫌な予感しかない。

もしやラウル様は、私をわざと散歩に行かせたの？　鉢合わせしないように。いったい叔父は、なにをしに来たのだろう。気になって仕方がない。

「そろそろ屋敷に戻ろうか」

私は慌ててイスとモコを連れて屋敷へ引き返した。


ドキドキしながら、客間の方へ足を向けた。

もし、叔父が変な言いがかりをつけていたら、全力で止めなければ。

緊張しつつ客間に近づくと、部屋の外にも声が響いていた。

「自分の娘同様に大切に育ててきたのです。なぜ、会わせてくださらないのですか⁉」

叔父が必死に懇願する声が聞こえる。

自分の娘同様って、もしかして私のことかしら？

レティと明らかに差別していたくせに、よく言うわ。呆れてしまう。都合のいい時だけ保護者面しないで欲しい。

それよりも、なにをラウル様に言って詰め寄っているのだろう。

私のことをちっとも大切に思っていないくせに、権力にはめっぽう弱い叔父がわざわざフェンデル家にまで来るなんて、なにか裏があるに違いない。

叔父から愛情を感じたことがなかったので、疑うのは当然だ。

なおも部屋では会話が続く。

聞き逃すまいと扉にピタリと耳を張りつけた。

「失礼だが、あなた方はアステルを大事にしているとは思えない」

扉越しでも感じるのは、ラウル様の怒気を含む声。

「彼女はもうじき、十八歳になる。その時、相続するものに興味があるのだろう？」

私が相続するもの……？

思い当たることがなく、眉をひそめる。

もっと話が聞こえないかしら。

扉に寄りかかるとあろうことか、扉が開いてしまう。私は前につんのめって、そのまま部屋に雪崩こんでしまった。

いきなり現れた私に叔父はもちろん、ラウル様もギョッとした形相をしている。

「す、すみません。私の名前が聞こえたもので」

焦りながら弁解をする。

その時、叔父の隣でソファに腰かけていた人物が突如、立ち上がる。

「お姉さま‼」

ゲッ‼　レティ。あんたもいたの。

ドレスの裾を摑み、私目がけて一直線に駆け寄ってくる。

「お姉さま、会いたかった‼」

えっ‼　いったい、なんなの⁉　いつも私を慕う素振りなんて一切しないのに。

しらじらしい芝居をするレティを冷めた目で見つめる。

「しばらくフェンデル家でお世話になると連絡をもらってから、心配したんだから。いつまでもラウル様の邪魔をしちゃいけないわ。早く帰りましょう」

レティが私を心配する理由が見当たらない。

八つ当たりもできてぞんざいに扱える、そんな私が側にいる方が都合いいのだろうか。

レティが私の手を取り、ギュッと握る。

「さぁ、早く。お姉さまからもラウル様に言って？」

上目遣いで懇願してくるが、その瞳の奥は笑っていない。「早く言いなさいよ」と命令しているのだ。

胸の奥からくすぶっていた想いがプスプスと湧き上がる。触れられていた手に嫌悪を感じ、勢いよく手を振り払う。

「帰らないわ」

「お姉さま⁉」

今まで、周囲はどうせレティの味方だとあきらめ、言いたいこともずっと我慢してきた。その方が一番楽だと思っていたから。

レティの自分勝手な性格は簡単には治らないだろう。

でももう、私はレティの顔色をうかがって暮らしたくない。

自由を手に入れるのだ。

「私の居場所はグレイン家にはないもの」

ここ数日、離れてみてわかった。どれだけストレスフリーだったか。今さらグレイン家には戻りたくない。

ラウル様はダメだと仰ったが、店舗で寝泊まりできるよう、もう一度頼みこんでみよう。どこだっていい。この人たちと離れることができるのなら。

「なにを言っているのよ。両親が亡くなって、私のお父さまにお世話になっていた恩があるでしょ」

徐々にレティの目が吊り上がる。

脳裏に過去のことが蘇ると、体が震え始めた。

いつもレティは意地悪だった。自分の機嫌が悪い時、私を困らせてストレス解消していた。私が大人になったつもりでグッと堪えていた日々。

　ドロシーのことだって、目に入るたびにいじめていた。窓から脱走する原因をわざと作ったこと、忘れていないから。

「レティ……」

「ん？　なあに、お姉さま」

　小首を傾げるレティは、今回も私が折れると思って微笑んでいる。

　だが、そうはいくか。

「……まっぴらごめんだわ」

「はっ？」

　息をスッと吸い込むと一気にまくし立てた。

「レティ、あなたはわがままで自分の意見が必ず通ると思っている。いえ、泣いてわめいてでも、自分の意見を押し通す」

「な、なんなの、急に……!!」

「舞踏会の時だってそう。私には恥ずかしいから近寄るなと言っておきながら、ラウル様やレイモンド様と一緒だと知ると、自分も知り合いになりたいから近づいてきて。都合のいい時だけすり寄ってきて私を利用するじゃない。噴水に落ちたのだって、自業自得よ。動物だってわかるんですからね。性格の悪い人だって!!」

「なんですって!?」

顔を真っ赤にして憤慨するレティとは対照的に、私は冷静だった。

「そのあとは私を舞踏会の会場に置き去りにして。自分がそんな目に遭ったら、どう思う?」

ズイッと詰め寄ると、レティは顔を逸らした。

「そ、それは、だってお姉さまが……」

この期に及んで人のせいにしようとするレティ。もう限界だ。

「人のせいにばかりしないで。なにごとも相手の立場になって考えてみなさい」

「偉そうに、なにさまなのよ!!」

レティの目が吊り上がる。だが構うもんか。

「もうレティの子守りはおしまい!!　ここでさようなら!!　私の道を行くわ!!」

「まぁっ」

堂々と宣言するとレティは大口を開けて絶句する。

その時、大きな笑い声が部屋に響いた。

ラウル様が腹を抱えて笑っていた。突然、スッと立ち上がり、私の側に立つ。

「彼女の意見をフェンデル家の、このラウルが責任を持って支援するとしよう」

肩を抱かれ、力強く大きな手にドキドキする。

「グレイン伯爵、アステルを自分の娘同様に大切に育ててきたと言ったな?」

「はっ、はい、そうです。それはもう!!」

叔父がもみ手をし、ラウル様に媚(こ)びを売る。

「だったら、私がいったん肩代わりした、アステルが事業を始めてから返す予定のグレイン家の借金は、当然そちらが払ってくれるんだろうな？」

「そっ、それは……」

叔父はひるんだ。

「元は自分たちの贅沢で作った借金を、娘同然のアステルに払わせるのはどうなんだ？」

叔父はぐうの音も出ず、うつむいて唇を噛みしめる。

「アステルを返せと言うのなら、彼女が肩代わりした借金を払うぐらいの心意気を見せたらどうなんだ!!　アステルが事業を始めるのを応援するどころか、自立したい彼女の気持ちを利用して、借金を押しつけるとはなにごとだ!!　本当に娘だと思っているのなら、そんなことはできやしないはずだ」

それまで冷静に話していたラウル様は、怒りのあまり大きな声を出し、周囲はシーンと静まり返る。

「帰りたまえ。摘まみ出されたくなかったら」

ラウル様はギロッと叔父をにらみ、扉を開け放つ。レティもラウル様の剣幕に驚いたのか、言葉を失っている。

ラウル様はレティにチラッと視線を投げた。

「最近、店舗に侵入者がいた。店内の商売道具一式ダメにされた」

明らかにレティの顔色が変わる。

「それは早く犯人が見つかるといいですわね」

サッと目を逸らし、声がうわずる。怪しい……。

「すでに犯人は捕らえた」

「えっ……」

レティは目に見えて動揺し、喉をゴクリと鳴らす。

「犯人は自白したが、どうやら共犯者がいたらしい」

レティはうつむき、膝の上で手をきつく組み、口を真一文字に結ぶ。肩に力が入っている。

「そ、そうでしたの」

「ああ、その共犯者から鍵を借り、合い鍵を作って侵入したらしい。共犯者も、街の警備隊に連れていかれるのは時間の問題だろう」

レティは胸に手を当て、大声で主張する。

「わ、私はセドリックに侵入しろ、だなんて言っていない‼」

「――犯人の名は一度も言っていない。なぜわかるんだ？」

「あっ……」

やっぱり、レティだったのか……。

私の部屋に勝手に入り物色するのは、彼女しかいない。店舗の鍵をセドリックに渡し、それで合い鍵を作ったのだろう。思い当たるのは私がラルグランドの別荘に行き、留守にした時だ。

墓穴を掘ったレティは口に手を当てるが、もう遅かった。

「そもそもお姉さまが悪いのよ。私に隠れてコソコソしているから‼」

レティの口から謝罪の言葉は出てこない。

「事業が成功したら、お姉さまが注目を浴びるじゃない‼　私よりも注目を浴びることになるなんて、許せないわ‼　失敗すればいいのよ‼　お姉さまはずっと私の陰に隠れていればいいの。私より目立たないで‼」

どこまでも自分は悪くないと主張する彼女と、これ以上付き合ってはいられない。

ラウル様は深く息を吐き出す。心底呆れているのだろう。

「その件に関しては警備隊に言ってくれ」

私が訴えたところで家族間の問題で終わってしまう。

だがラウル様が訴えたら？　それは大事になるだろう。

「レティ、まさかお前が……」

ふるふると肩を震わせた叔父は大きな声を出す。

「なんてことをしてくれたのだ‼」

「お、お父さま……？」

レティは目を見開いた。初めて父親に叱られ衝撃を受けたのか、固まっている。

叔父ももっと早くから彼女を叱っていれば、ここまで自己中でわがままにならなかったかもしれない。

すべてはもう遅かった。

「警備隊がアステルに事情を聞きたいと言っていた。今日、フェンデル家を訪ねることになっている。もうじき、屋敷に到着するはずだ」

「えっ……!!」

レティがバッと窓の外に顔を向ける。

警備隊と鉢合わせすることは避けたいのだろう。

「被害に遭ったのは、大理石のバスタブ、床の高級なカーペットにソファ……」

ラウル様が指折り数え始める。

「すべての被害総額を、侵入者と共犯者で折半させる。賠償金が払えなければ監獄行きになるだろうな」

レティは真っ青になり、よろめいた。

「しっ、失礼します……!!」

かろうじて頭を下げると退室した。

「で、では私もこれで……」

レティに続き、叔父もそそくさとソファから立ち上がる。このままここにいて罪を糾弾されることを回避しようとしている。

そしてまるで逃げるように部屋から立ち去っていった。

「これで少しは懲りただろう」

ラウル様は静かに息を吐き出す。

「あの、これから警備隊がいらっしゃるのですか？」

「ああ、脅しただけさ」

あっけらかんと口にするラウル様だったが、レティには十分、精神的苦痛を与えることができた。しばらくは屋敷で怯えて暮らすことだろう。

私といえば、蓄積された長年の想いを口にしたことで、今さらながら手が震えだした。肩で息をして興奮状態だ。

だがとてもすっきりしている。後悔はしていない。

「――少し、庭を歩かないか」

ラウル様の申し出にパッと顔を上げる。

きっと私の心を落ち着かせようとしてくれているのだ。

「ええ、喜んで」

私も外の風に当たりたいと思い、うなずいた。

中庭に下りるとラウル様はどこか目指す場所があるのか、ズンズンと歩き出した。

どこへ向かっているのだろう。

不思議に思いつつも、その背中を追いかける。

やがて中庭の一角にある、ログハウスにたどり着く。ここはさっきまで職人たちが集まって作業をしていた場所だ。もう作業は終わったのだろうか。

「こっちだ」

ラウル様は手招きしてログハウスに近づくように促した。

扉を開けると目の前に広がる内装に目を見張った。

バスタブ、作業台、それはまさに開店しようとしていた店の内装と同じ。いや、それ以上に設備が整っている。

一歩足を踏み入れ、キョロキョロと見回す。

窓の外には緑の庭園が広がり、風が通り頬を擦って心地よい。太陽の光も入り込み、明るさも抜群だ。木でできた建物からは温かみも感じる。

「こ、ここは……」

クルッと振り返り、ラウル様に問いかける。

彼はコホンと咳払いした。

「この離れは使っていない建物だ。ここをペットサロンとして開業してもいい」

その申し出は私を十分に驚かせた。

「ここなら敷地も広いし、問題ない。いくら動物を保護しても構わない。まずは貴族の顧客相手にやってみるといい」

突然の話に驚くばかりだ。

「アステルに悪いと思ったが、少し調べさせてもらった」

申し訳なさそうにラウル様は口にする。

「グレイン家の借金は浪費が原因だ。そしてあの家族がアステルを必死になって取り戻そうとしていたのには理由がある」

「理由ですか？」

「アステルの亡くなった母君が、アステルのために残した財産がある。その財産は十八になった時、相続できるようだ」

「ええっ‼　初耳です」

母が私のためを思ってそこまでしてくれていたとは知らなかった。母の想いに胸が熱くなる。

「グレイン家は、どうにかしてアステルを言いくるめ、財産を横取りしようとしていたのだろう。それで借金も返済できると考えていたのかもしれない。この件についてグレイン家が手を出すことができないよう、すでに手は打った」

「ラウル様、そこまで……ありがとうございます」

ラウル様から聞かされていなかったら、なにも知らない間に、叔父に巻き上げられていただろう。あるいは世話をしてやった恩を盾に、すべて奪われていた。上手いこと言いくるめられ、私には一銭も入ってこなかったに違いない。

まとまったお金が入る。ならば、私にはまずやるべきことがある。

「ラウル様から立て替えてもらったグレイン家の借金、その一部分でも先にお返しできないでしょうか？」

これはあの人たちを助けるためなんかじゃない。少しでもラウル様へ恩を返すためだ。

だが彼は静かに首を横に振った。

「親が子供のために残した遺産、受け取れるわけがない。それは自分のために使うといい」

ラウル様の意志は固いようだ。

「では、母の残したお金でペットサロンを開業します。そして生前母も好きだった動物たちの保護に力を入れます」

事業が軌道に乗ったら、ラウル様に立て替えてもらったグレイン家の借金を返していくのだ。

「今回の件で街の店舗では危険だと思った。ここなら——なにかあった場合、すぐに駆けつけてやれる」

真剣な眼差しを向けられ、心臓がドキドキする。

「どうして、ここまでしてくださるのですか？」

単に事業の相手だからという答えが返ってきたら、どうしよう。私の望みを彼は口にしてくれるかしら。

「私が、側にいて欲しいと願っているからだ」

優しい眼差しを向けられ、頬が紅潮する。

「それはフェンデル家に居候するということですか？」

ラウル様は言葉に詰まり、頭をかきむしった。すぐにソワソワと落ち着かない素振りを見せる。

「ええいっ、くそ‼」

急に悪態をついたのでびっくりして肩を揺らす。

「この際、はっきり言うぞ」

眉間に皺を寄せ、怖い顔を見せる。自然と私の顔も強張る。

「好きだ!!!!!」

えっ……。

一瞬、息を呑んだ。

ラウル様は真っ赤な顔をして唇を噛みしめている。

私の胸の奥からじわじわと歓喜が湧き上がる。ラウル様は照れもあったのか、恥ずかしそうに舌打ちをする。

「返事はあとで構わない。考えてくれ」

「……考えません」

即答するとラウル様の表情が険しくなる。

パッと顔を上げ、私も気持ちを伝える。

「私もラウル様が好きです!!」

彼に負けずに大きな声を出した。

「ラウル様の口調は厳しいですが、言っていることは正論です。なにより相手のことを思いやれる、心優しいラウル様が好きです」

一気にまくしたてる。

ラウル様はフッと横を向き、手で顔を隠す。

なおも私は続ける。どれだけラウル様が優しくて素晴らしい人柄か、私が惹かれた部分をお聞かせしなくては‼

「動物たちの相手をする時も優しくて、真摯に向き合ってくれて――」

「やめろ‼」

指の隙間からラウル様の真っ赤な顔が見える。

「待ってくれ。……頭が追いつかない」

真っ赤になってうろたえる彼を見て、胸がキュンとなる。

なにこれ、すごく可愛い。

気づくと私はラウル様に抱きついていた。

「要約するとラウル様が大好き‼　ということです‼」

しがみついてギュッと背中に手を回す。

「あっ、ああ」

ラウル様は動揺しているのだろう。心臓がバクバクいっているのが聞こえる。

やがて抱きついていた体からそっと離れ、上を向く。

ラウル様と目が合う。

ああ、視線が逸らせない。ラウル様の手が伸びてきて、そっと頬に触れる。

指先で私の唇に優しく触れる。ドキドキして心臓がうるさいぐらいだ。

熱っぽい視線を向けられ、彼がなにを求めているのかわかってしまった。

自然に顎に添えられる手。そのままクイッと持ち上げられる。

徐々にラウル様の顔が近づいてきて、私もそっと目を閉じる――。

「お嬢さま――――!!」

「わあっ!!!!」

私を呼ぶ聞き慣れた声。

反射的に近づいてきたラウル様を思いっきり、両手で押して突き放した。

いきなり扉が開いて現れたのはユリアだった。

「あっ……お邪魔でした？」

ユリアが手を口に当て、目をパチクリとさせている。

「そ、そんなことないわよ。ねっ、ラウル様――」

パッと彼に視線を向けると、呆けた顔して尻もちをついていた。

あっ、私ってば、やってしまったかしら!?

アワワと口を開けていると、ラウル様は何事もなかった素振りで立ち上がる。お尻についたゴミを払いゴホンと咳払いし、体勢を立て直す。

「ラウル様、遅くなり申し訳ありません」

ユリアは手にしていたカゴをサッと差し出した。

カゴの中からニャーと可愛らしい鳴き声が聞こえる。

「ドロシー!?　連れてきてくれたの？」

良かった、ドロシーのことがとっても気がかりだったのだ。

「ええ、ラウル様の言いつけです」

「ありがとう‼」

ユリアにお礼を言い、カゴを受け取る。中をのぞくと私の大事な天使ドロシーが文句ありそうに一声鳴いた。

「ごめんね、忘れていたわけじゃないのよ」

必死になって謝る。

ユリアが一歩前に出るとラウル様に向かい、深々と頭を下げる。

「ラウル様、本日付でグレイン家を辞めてきました」

「ああ」

ラウル様は腕を組み、静かにうなずいた。

どういうことかわからず、私は交互に二人を見つめる。

「今日からフェンデル家にお世話になります」

「えっ、それって……」

ラウル様にパッと顔を向ける。

「助手が必要だろう。それに、以前から約束していたと聞いた」

「そうですわ、お嬢さま。このユリア、どこまでもお嬢さまについていくと言っていたじゃないですか」

えっ、ユリアが来てくれたのなら、これ以上心強いことはない。

「それとも約束をお忘れですか？」

プクッと不満げに頬をふくらませるユリア。

「ありがとう」

思わずユリアに抱きついた。

「お礼ならラウル様に言ってくださいませ。私を雇ってくれたのですから」

ユリアから体を離し、ラウル様に向き合う。

「なにからなにまで……。本当にありがとうございます!!」

勢いづいた私は再度ラウル様に抱きついた。

「なっ……!!」

ラウル様は言葉に詰まり、硬直する。

「お嬢さま、とっても大胆で素敵ですわ!!」

ユリアのちゃかす声も気にならない。

本当にラウル様、大好き、大好き。

想いを込めてギュッとしがみついた。

「わ、わかったから、お、落ちつけ」

いつもの威厳はどこにいったのか。顔を真っ赤にしてオロオロするラウル様がすごく愛しい。

抱きついた腕に、さらにギュッと力を込めた。

その後、ラウル様にベリッと体を引っぺがされ、皆で屋敷に戻る。ユリアは雇用の手続きがある関係で、執事のマーティンさんに連れていかれた。

ドロシーが現れた途端、イスとモコは大喜びで部屋を駆け回り、ピーターも部屋中をグルグル飛び回る。

「みんなのお姫様ね、ドロシー」

カゴから出たドロシーは私の足元にまとわりついた。

しばらく離れていたのだ、寂しい思いをしたのだろう。十分に甘えさせてやらなくちゃ。

抱き上げて、頭を優しく撫でた。途端にゴロゴロと喉を鳴らし、私の頬にすり寄る。

「さっき、肝心なことを言い忘れていたのだが――」

ラウル様の真剣な眼差しに気づき、ドロシーをそっと床に下ろす。

そして彼と向き合った。

「侍女もドロシーもすべて面倒を見よう。だから、なんの心配もせずに、この屋敷で暮らしてくれ」

「はい、居候ですが、ドロシーとユリアも私も……まとめてよろしくお願いします」

深々と頭を下げる。

「いっ、居候ではない‼」

大きな声で叫んだラウル様に驚き、パッと頭を上げた。

「仕事はこれから軌道に乗るまでは困難もあるだろう。だが、安定してきたら……その時は……」

なにが言いたいのだろうか。なかなか本題に入らず口ごもるので、首を傾げる。

その時、ピーターが陽気な声で歌い出す。

「アステルスキスキ、ダイスキ。ズットソバニイテクレ」

「ばっ、バカな!! なにを!!」

カッと真っ赤になるラウル様は、しどろもどろだ。

「そ、そんなこと言ってなどいない!! どこで覚えてきた!!」

「ダイスキー、ダイスキー」

ピーターは調子づいたのか、喋りながら部屋中をグルグルと飛び回った。

「くっ!! まずその口を閉じろ!! 縫うぞ!!」

オウムは人の言葉を真似する習性がある。それって誰かがピーターに聞かせていたということ。

その誰かは、一人しかいないわけで――。

ジッとラウル様を見つめると、彼はハッと我に返った。

慌てた様子から一転、冷静さを取り戻すため、コホンと咳払いする。

「今のは忘れてくれ。仕切り直しをさせてくれ。自分の口から伝えたい」

ラウル様は真剣な眼差しを向ける。

「事業が落ち着いたら、結婚してくれないか。共に生きて欲しい」

嬉しくて手が震え、涙がにじむ。

「妹と年齢も近く、母親を早くに亡くした同じ境遇で頑張っている姿を見ていたら、応援したくなった。初めは同情に近かったかもしれない。だがその内、目が離せなくなった。飾らないアステルを誰よりも近くで見ていたい。これから先もずっと」

これほど嬉しい言葉があるだろうか。

今まで家族と呼べる人たちから虐げられ、こんな日がくるとは想像していなかった。

「お母さまが言っていたの。動物に好かれる人に悪い人はいないって。こんな私の家族になっていただけますか？」

ラウル様ほどの方なら、もっと素敵な人と出会えるだろう。身分も低く、両親もいない私と結婚して彼の得になることはなにもない。

だが、それでも彼は私を選んでくれた。これ以上に幸せなことってあるかしら。

涙が一筋流れ落ちる。

腕を掴まれ、ギュッと抱きしめられた。

「グレイン家はもうアステルに近寄ることはないから、安心してくれ」

「手を打ったと仰ってましたね」

「私の許可がなければアステルに近づくことはできない」

「それは、どうやって？」

不思議な顔でラウル様を見つめる。

「法の専門家を通じて書面を送り、速達で返事がきた。これで母親の遺産も守られる。いたって平和的な解決だ」

ラウル様はこれ以上ないほど、顔をドヤッって見せた。

ついさっきのことなのに、仕事が早い。つまり、以前から調べて行動していたんだ。じゃなければ、こんな急には動けない。

この人は、先回りまでして、どこまでも私を守ってくれる。

「ありがとうございます」

心の底から安堵し、そっと胸に手を当てる。

ラウル様の側にいると安心感に包まれる。なにがあっても大丈夫だって思えてくる。

こんなに幸せな気持ちでいられるのは、お母さまが生きていた時以来だ。

そっと身を寄せると、肩を掴まれる。

顔が近づいてくる。

その時、ラウル様が後方に倒れそうになる。

背後を見れば、イスがラウル様の上着を口に咥えていた。引っ張ったのだろう。

「お前は……‼　邪魔をするな‼」

「ワン‼」

憤慨するラウル様だが、いたずらしたイスに噴き出してしまう。イスは尻尾を大きく振って目を輝かせ、楽しそうだ。

「先ほどから邪魔ばかりだが、今回はあきらめてたまるか」

力強く顎が支えられ、グイッと上を向かされる。

柔らかな感触を感じ、口づけをされたのだと知る。

チュッと触れ合うだけだったが、それだけで真っ赤になるには十分だった。

すぐに離れ、ラウル様は私を見るや叫んだ。

「そ、そんなに赤くなるな。つられて照れてしまう!!」

「なっ……!!　ラウル様こそ、顔が真っ赤です。それが私にうつったのですわ!!」

二人でひとしきり言い合ったあと、顔を見合わせて噴き出した。

「オメデト――!!　オメデト――!!」

部屋を飛び回るピーターから祝福の声を受けながら、二人で頬を染めた。

動物たちと大好きな人に囲まれ、これからの人生は絶対幸せになる。

素敵な予感がしてにっこりと微笑んだ。

後日談

今日は朝からラウル様がソワソワしている。部屋をうろうろしてみたり、廊下に花を飾るようにメイドに指示していたり。

いつもと様子が違うので、気になってユリアに聞いてみた。

「なんだかラウル様、今日は様子おかしくない？」

「ええ、なんだか妙にソワソワしていますわね」

コソコソッと話していたつもりだが、ラウル様は目ざとく反応した。クルッと振り返る。

「聞こえているぞ」

眉間に皺を寄せ、ジロリとにらまれた。

だが、屋敷全体が浮かれモードというか、浮足立っている。来客でもあるのだろうか。

「今日はセレンスティアが来るんだ」

セレンスティア様ってあの……？

ラウル様はゴホンと咳払いする。

「妹だ」

「なるほど。だから、朝から嬉しそうなのですね」

ラウル様は妹君と仲良しだと聞いていたので納得する。

「うっ、嬉しそうではない!!　ただ兄として妹を気遣う、それだけのことだ!!」

あー、はいはい。

妹であるセレンスティア様は婚約が決まってから、婚約者であるアルベルト様のもとで生活していると聞いた。久々に会えるので気分が上がっているのだろう。

「では、私は自室へ行っていますわ」

久々に家族で過ごす時間を邪魔してはいけない。開店に向けての準備を進めよう。

「いや、同席してくれ」

「私もですか？」

キョトンとして顔を見上げると、ラウル様は真っ赤になり、唇を噛みしめる。

「正式に紹介したいと思っている」

「あっ……はい」

私も意識してしまい、顔が赤くなった。

ラウル様との会話で幾度となく出てきたセレンスティア様。どんな方だろうと思って興味はあったけど、実際会うとなると緊張する。心の準備が必要だ。ドキドキしてしまう。

「部屋にいてくれ。あとで妹が来たら呼ぶから」

「はい」

与えられた自室に戻り、その時を待った。


自室で控えていると馬車の蹄の音が聞こえた。そして屋敷がなんだか騒がしくなった。

きっとセレンスティア様が到着したのだろう。

イスがそっと近寄ってきて、顔をペロリと舐めてきた。

「ふふ、くすぐったいわ」

私の緊張を感じ取ったのか、イスが落ち着くようにおまじないをかけてくれたみたいだ。イスと戯れていると心が和む。

しばらくすると扉がノックされた。

「ラウル様がお呼びです」

「今、行きます」

すっくと立ち上がり、メイドに案内され応接間を目指した。

「失礼します」

扉をノックして入室する。するとソファに腰かけていたラウル様が立ち上がった。

「ああ、こっちだ」

ラウル様の対面でソファに腰かけていた女性がクルリと振り返る。

サラサラの長い栗色(くりいろ)の髪、薄い青い瞳にふっくらした赤い唇。なによりも顔が小さく、儚(はかな)げな容姿。

幾重ものチュール地を重ねたスカートが印象的な、上品な色遣いのピンクベージュのドレスを着用している。

それがまた、可憐な姿によく似合っている。

め、めちゃくちゃ美少女だぁああ〜〜。

ジッと見つめられて全身が硬直する。美しい、そしてラウル様と全然似ていない‼

その儚げな容姿と威圧感たっぷりのラウル様とでは、イメージが全然違った。

緊張して足が震えそうになるも、必死に自分を奮い立たせた。

ラウル様が咳払いをする。

「紹介しよう、妹のセレンスティアだ」

セレンスティア様はスッと立ち上がると、微笑みを浮かべる。

「初めまして、セレンスティア・フェンデルです」

ああ、完璧な人は声すらも透き通って美しい。

「初めましてセレンスティア様。アステル・グレインです」

声が震えて舌を噛みそうになったが、なんとか持ちこたえる。

「どうぞ、こちらへ座ってください。美味しい紅茶でも一緒に飲みましょう」

優しく声をかけてくださったので、その隣に腰を下ろした。

隣に座るセレンスティア様からは、甘く優しい香りがする。

本当、全然雰囲気が似ていない兄妹だわ。思わずお二人を見比べていると、ラウル様が目ざとく気づく。

「なんだ」

ジロリとにらまれてしまい、苦笑いする。

「お兄さま。いきなり、そんな言い方はないですわ。怖がられたらどうするんですか」

セレンスティア様はやんわりたしなめると、私に優しく微笑んだ。

ああ、その笑顔もすごく可愛らしい。仕草の一つからして愛らしい。私、すっかりセレンスティア様のファンになってしまいそうだ。

セレンスティア様は話題を変えた。

「お兄さま、犬を飼っていると聞きましたが、どうですか？」

「ああ、最初は問題ばかりだったが、今ではすっかり懐いた」

「まあ、それは良かったです」

セレンスティア様はホッとした表情を浮かべる。

「実はお兄さま、犬が苦手だと思っていましたの。だから心配していたのです」

えっ、犬が苦手⁉　初めて聞く情報に目を丸くした。

ラウル様がうろたえ始めた。

「なっ、なにを言って……」

「幼い頃、犬に噛まれてしまったでしょう？　それ以来、動物を遠ざけていたじゃありませんか」

「む、昔の話だ。忘れていた」

動揺するラウル様だが、痛い思いをしたのなら絶対忘れていないだろう。

セレンスティア様はクスッと笑う。

「昔、私が犬に追いかけられたことがあって、私を庇ったお兄さまが、噛まれてしまったの。こうお尻をガブッと……」

「セレンスティア、それ以上の説明はいい‼」

もっと聞いていたかったが、ラウル様に遮られてしまった。

ラウル様は居心地が悪そうだ。首の後ろに手を回し、視線を逸らした。

「セレンスティア様からお聞きするまで、知りませんでした。今ではそんな過去があったとは思えないほど、イスたちを可愛がってくれています」

「それを聞いて安心したわ」

セレンスティア様は楽しそうにクスクスと笑う。

「ねえ、私のことはセレンと呼んでくださらない？」

「えっ、あっ、はい」

美少女から顔をのぞき込まれ、真っ赤になって恥じらってしまう。

「私もアステルとお呼びしてもよろしいかしら」

「はっ、はい」

なんということだ。美少女な上に気さくな方。感動しているとラウル様が口を開く。

「セレンスティアは、どうだ？　上手くやってるか？」

「ええ、おかげさまで、よくしていただいています」

ラウル様からの質問に、セレンの顔がポッと火照る。

幸せなんだろうな、見ているこっちにまで伝わってきた。

「そうか。困ったことがあったら相談に乗る。それに、いつでも帰ってきていいからな」

「大丈夫ですわ」

「遠慮せず、いつでも帰ってこい‼」

「大丈夫です」

手を広げ、繰り返して力説するラウル様。どれだけ帰ってきて欲しいのだろう。

「ちょっと熱いところがあるのよね、お兄さま」

こそっと私にだけ聞こえる声で耳打ちする。その仕草にクスッと笑ってしまった。

「む、なんだ、二人で」

ラウル様は腕を組み、しかめっ面だ。

「お兄さま、そんな顔しているとアステルが怯えますすわ」

セレンが気遣ってくれるが、私はもう平気だ。

「あ、大丈夫です。ラウル様の仏頂面もしかめっ面も見慣れましたので」

「あら」

セレンがキョトンと目を見開く。

「ようは照れ隠し、なのですよね」

私がそう言うとセレンは口に手を当て、フフッと微笑む。

「お、お前たちは、なんなんだ!!　兄を、年上をからかうものではない!!」

ラウル様は真っ赤になり、拳を振っている。

私とセレンは目を合わせて微笑んだ。きっと今、同じ気持ちだ。

その時、扉がノックされた。

「――誰だ」

ラウル様がすっくと立ち上がり、確認しに行った。

セレンは紅茶のカップに口つける。

「本当、お兄さまってば、ツンデレなんだから――」

ん？　ツンデレ？

彼女がボソッとつぶやいた言葉は聞き覚えがある。むしろ私もそう感じていた。

ではなくて、ツンデレというワードがセレンの口から出てくるということは、もしや彼女も私と同じ転生者？　確認してみようか……？

パチパチと目を瞬かせていると、セレンが視線に気づく。

首を傾げ、にっこり微笑んだ。

……やめておこう。転生者かどうかなんて、知る必要はない。

たとえそうだとしても、私たちには今がある。これからの人生を歩むと決めたのだから、過去は関係ない。

「セレン」

思い直していると、聞き覚えのない低い声が聞こえた。

振り返ると、そこにいたのはまばゆい金の髪を輝かせた、端正な顔だちの男性。

驚いた顔でスッと立ち上がったセレンに、男性は微笑んだ。

「時間があったから、立ち寄った」

「まあ、アルベルト」

その名を聞き、目を見開いた。

この方が国王陛下の甥でセレンの婚約者、アルベルト・ヘルナザート様。

文句なしに完璧な容姿。放つ品格は王者の気品だ。ソファから立ち上がったセレンがアルベルト様の隣に寄り添う。

ああ、本当にお似合いの二人。こうして目にするだけで眼福だ。

「ようこそ、アルベルト様。妹との貴重な時間にわざわざいらしてくださるとは――。無理をせずともいいですのに」

引きつり顔のラウル様のこめかみがピクッと動いた。これは完全に歓迎していない物言いだ。

国王陛下の甥であるアルベルト様にその言い方はいいのかしら？　見ているこっちがヒヤヒヤする。

「まあ、そう言うな、ラウル。水くさいじゃないか。俺にも紹介してくれ。君の愛しい女性を」

「いとっ――!!」

ラウル様が絶句したのち、首から上が真っ赤になる。

「おや、違うのかい？」

アルベルト様は微笑んでいるが、もしやこれはラウル様をからかっているのではないか？

脳裏にアレン様とレイモンド様の姿が浮かぶ。今のアルベルト様は、彼ら二人と同じ表情をしている。

確かにラウル様は、感情を隠すのが苦手なお方で真っすぐだ。だからこそ、からかいがいがあるのかもしれない。

私はスッと立ち上がり、深々と頭を下げた。

「初めまして、アルベルト様。アステル・グレインです」

顔を上げると視線が刺さり、とても恥ずかしい。アルベルト様の瞳に好奇の色が浮かぶ。

キラキラと輝きだし、まぶしく感じる。

「ラウルから支援してもらって事業を始めるのは君？」

「はい、そうです。ラウル様は支援者です」

「じゃあ、君は単に事業のパートナーなのか」

それまで険しい顔でたたずんでいたラウル様が急にこっちに視線を向け、こめかみをピクピクさせてから、大きく舌打ちをした。

え、それはお行儀が悪いわ。

驚いているとラウル様は大股でズンズンと近寄ってきた。

えっ、なに、怖っ……!!

その迫力に驚いてすくんでいると、急に腕をガシッと掴まれた。

「こっ、婚約者だっっ!!!!」

強く肩をグイッと引き寄せられ、反動で彼の胸に飛び込んでしまった。

こんな風に紹介されるとは思っていなかった。私の首から上が熱を帯び、一瞬にして真っ赤になった。

きっと、ラウル様も真っ赤になっているはずだ。その証拠にほら、彼の大きな鼓動が聞こえる。

パチパチと手を叩きながら、満面の笑みを浮かべるアルベルト様。わざとラウル様の口から言わせたのだろう。

「そうか、おめでとう」

アルベルト様が満足げに、セレンの肩をグッと引き寄せる。

そして耳元でささやいた。

「二人でお祝いを贈らないとな、お・に・い・さ・ま・に」

ラウル様の肩がフルフルと震えだす。

「まだ、兄と呼ぶのは早い～～!!」

敬語を忘れたラウル様の怒声が屋敷に響いた。

婚約破棄が目標です！ 落ちぶれ令嬢ですがモフモフを愛でたいのでほっといてください

著者　夏目みや　© Miya Natsume

2023年12月5日　初版発行

発行人　藤居幸嗣

発行所　株式会社Ｊパブリッシング
〒102-0073　東京都千代田区九段北3-2-5 5F
TEL 03-3288-7907　FAX 03-3288-7880

製版所　株式会社サンシン企画

印刷所　中央精版印刷株式会社

ISBN：978-4-86669-625-6
Printed in JAPAN